“小市民”系列④

秋季限定栗金饨事件（下）

SHUKI GENTEI KURI KINTON JIKEN VOL. 2

[日] 米泽穗信——著
林枫——译

新 星 出 版 社　NEW STAR PRESS

目录

疑云之夏 1
仲夏之夜 93
再临之秋 167

疑云之夏

1

（五月一日 船户月报 第八版专栏）

自本栏持续追踪连续纵火事件以来，犯人的魔爪仍未停止。四月十二日，华山商店街一角出现火情。被烧的是放在公寓自行车停车场里的助动车。可以说，光是选择在住宅密集地区引发火灾这一点，就比一直以来的事件都恶劣了。因为消防队迅速赶到，所幸没有酿成大祸。我们新闻社已查明，这次火灾也是连续纵火的一环。卑劣的犯人掩饰不了他留下的痕迹。这是连续纵火，还是单纯的失火，抑或是哪个愚蠢的家伙盲目模仿所干出的好事，我们立刻就能分辨出来。但是要如何阻止连续纵火呢？下一次，恐怕犯人会以上之町（**注：町，日本地方自治团体单位，介于市与村之间**）一丁目或二丁目为目标。我们难道只能坐观事态进一步恶化吗？（瓜野高彦）

报道引起了反响。毫无疑问，读者正在不断增加。

过去，每到派发《船户月报》的日子，教室里的垃圾箱总是塞满了报纸。这个月虽然依旧扔了不少，但偶尔可见几个看报的同学。

印刷准备室的来客也增加了。比如不小心把《船户月报》扔了，来问能不能再给一份的学生；比如想要他们入学前那几期报纸的高一新生。令人惊讶的是居然还有两个女生结伴而来，嚷嚷道：

“你们为什么会知道下一个现场在哪里？太可疑了！”

她们的所言，与那个学生指导室的新田老师所说的如出一辙。不过，他已经被调走了。当然，我以报道制作上的机密为由，郑重地请她们离开了。

连续纵火的规律，对外是完全保密的，我把这原则贯彻到了所有社员身上。

表面的理由是防止模仿犯。正如堂岛学长所说，如果出现了参照《船户月报》的报道来作案的模仿犯，那就麻烦了。不过，这当然不是真正的理由。

真正的理由或许大家都明白——

话题的保质期越长越好。

进入五月，新体制也调整好了。

大概是报道的煽动起了作用，我们轻松地招到了新社员，共有五名。

话虽如此，但其实我期望的人数可是它的一倍，而且都是男生，这也稍稍让人有点遗憾。我曾想，如果有女生加入就能拓宽大家的视野，那该多好啊……但这种事是可遇不可求的。

也曾有过一个来参观的女生，要是努力挽留，估计她会愿意在社里挂个名，但我并没有努力说服她。今后的新闻社要是无法变成一支精干的队伍，我可就头疼了。没什么干劲的家伙也没有必要硬拖他们入社。堂岛学长引退以后，门地也立刻退出了。这对我们双方都好吧。

到了我当上社长后的第一次编辑会议，阐述基本方针是我的义务。

我一边睥睨五名高一学生和五日市，一边缓缓地说道：

“开始编辑会议之前，有句话我想先说一下……现在，新闻社正站在一个巨大的岔道口。到前年为止,《船户月报》不过是每月一次，不知不觉间出现在大家课桌上的废纸。”

我平心静气地说完这句话后，加重了情绪和语气。

“去年，这个状况稍微有所改变。能否把这变化维持下去，让船高的同学们期待每月的《船户月报》，和你们这几位新社员的活跃程度息息相关。现在，我想先请大家记住基本的操作内容。把整套流程都摸清后，我们要倾尽全力，为那篇从去年开始着手进行的招牌报道画上一个决定性的句号。”

新社员们都一脸老实地听着。目前，我还不知道他们派不派得上用场，不过至少能安静听别人说话，这还是不错的。

“现在《船户月报》正在追踪连续纵火犯，大家都知道吧？”

众人纷纷点了点头。

我停顿了一下，然后宣布了本年度的活动目标：

“新闻社要阻止犯人的罪行……有可能的话，要逮捕他。”

现场产生了些许骚动，大家似乎都没想过要做到这一步。高一的其中一人怯生生地问：

“这种事，我们能做到吗？”

“能。”

我断言。

我从自己的书包里取出六个文件夹—— 一百日元就能买到的那种

便宜货。虽说大可以用社里的经费买一些更结实的文件夹，但由于复印比较花钱，所以能省则省。

然后，我把文件夹发给所有人。

“这里面几乎包含了目前为止我收集到的所有资料。不过因为是黑白的，所以照片可能看不太清楚吧。只要有这些资料和你们的共同努力，就一定能追查到犯人。”

五日市一边啪啦啪啦地翻着文件，一边愕然地说：

“这些都是你一个人复印的？太有毅力了……”

确实，张数一多，就连复印也成了重体力劳动。其实我叫了冰谷帮忙，但此刻为了撑撑门面，我选择了默认。

文件夹里有之前的《船户月报》、现场照片和对现场所见的杂感。虽然也有证词，不过目前的证人只有园艺社的里村一人。一般报纸的地方版和社会版是怎样报道这些事件的，我也都整理汇编进去了。当然，还有作为犯人行动方针的《防灾计划》里那些相关部分的复印件。

“这些是我手头的全部资料。”

恐怕高一学生们还不知道这句话里包含着多大的意义吧。学长们还没引退时，我并没有提供自己的所有信息。因为我不想把自己的好点子共享给堂岛学长和门地。

但是，现在情况发生了变化。我得让新闻社社员们变成我的左膀右臂才行。因此，我不会对信息有所隐瞒。再说，我也没写出隐藏在资料背后的关联性。这需要那些高一学生自己去发现。

如果都摆到眼前，他们还发现不了，那就没办法了，只能说这些家伙派不上用场。

“本月号好像写了，犯人会瞄准上之町。”

唯一一个戴着眼镜的高一学生说。作为新闻社社员，能紧跟最新一期的内容是挺好的，但他所说的欠缺准确性。我用低沉的声音订正道：

“是上之町的一丁目或二丁目，三丁目不会有问题。”

“为什么？”

“你叫……一畑是吧？看了这文件夹里的内容你就明白了。”

我再次环视所有人，有几个人已经开始看起资料来。我双手交叉握拳搁在桌面上，说：

“你们稍后各自查看资料就能知道，为什么下一个纵火现场肯定是上之町一丁目或二丁目。而且，甚至能确定犯罪日期和时间。”

高一学生们的视线又一次集中到我身上。

“五月九日，星期五的深夜，估计在零点前后，所以确切来说应该是十日，星期六。那天将出现纵火魔。我们有七个人，绝对，能行。”

五日市确实比高一学生有经验。他从我给的文件夹里找出木良市地图，盯着看了一会儿，便嘟囔道：

“说是一丁目二丁目，听起来好像很小……其实，还挺大的呢。”

有个高一学生说：

“感觉是从地区的正中央往四面八方扩散呢。七个人的话，还不知道能覆盖多大的区域啊。”

我对他那轻佻的口吻略有些不爽，但也认为他说得有理。确实，上之町的范围很大。所以才像《防灾计划》上写的那样，木良市消防署上之町分署没覆盖到三丁目。

“是啊。所以，我们要找出纵火魔有可能下手的对象，集中盯防。”

“除了时间地点，连对象都能知道吗？”

戴眼镜的高一学生失声叫了出来。对此我感到颇为满意，点点头说道：

“通过采访和讨论，大致能知道吧……不过，也没那么准确。”

在新官上任的第一次编辑会议上，绝不能流露出我记忆中的半点含糊。我舔舔嘴唇，慎重地说：

“割下的草堆、公园的垃圾箱、废弃材料、废弃自行车、废弃汽车、巴士站的长椅、公寓的助动车。犯人是按着这个顺序来纵火的……大致上是越来越接近人们的生活空间了，对吧？换句话说，其行径也逐渐变本加厉了。”

新生们产生了些微的不安。我片刻不停地继续说道：

“也就是说，比起停在公寓自行车停车场的助动车，很有可能这次的纵火规模会更大。”

“那……比如说？”

五日市问。

我却耸了耸肩说道：

“谁知道呢。很难锁定对象啊。但是，总比什么方向都没有要好吧？”

我笑了一笑，于是活动室里紧绷的气氛一下子就松弛了……我想起堂岛学长当社长那时候，可一次都没出现过这种由社长带头缓和气氛的场面。

好，能行——我轻轻拍了一下手掌，说道：

“我们要用自己的双手创下船户高中新闻社的不朽业绩。总之，大家先来交换一下联系方式吧。”

接着，五月九日星期五，深夜。木良市上之町。

我潜伏在街角的暗处，手机上陆续收到了几封邮件。

一畑：“我在二丁目的三岔路附近。”

高一学生本田：“我到位了。”

同为高一的原口：“OK了。”

然后是五日市：“我在一丁目上之町三的十字路口附近。”

我明明让他们汇报自己的待命地点，可遵从指示的只有一畑和五日市。其他人是听不懂吗？算了，就这样吧。总之，今晚重要的不是脑子，而是眼睛。

打埋伏的原本应该有七个人，但邮件只有四封。在编辑会议后，有个我连名字都还没问过的高一学生一脸不以为然地说：

“没想到这个社团是来真的。我要退出。”

我没有挽留他。

还有一个人，虽然没有退社，但无法参加这次埋伏，据说他家里管得很严。上之町有一部分地方是红灯区，因深夜游荡而被叫去训导的危险性也是存在的。既然对方不愿意，那强求也没有用。

我们的巡查手段是骑自行车。徒步的话，如果发生什么状况肯定赶不及。

老是蹲在一个地方的确太可疑。我首先为自己设计了一条巡查路线——穿过住宅区的小巷，跨过一条支路。大十字路口的正中央修整得像公园一样，里面竖着一根高高的白色柱子，顶端是一个时钟，时针指向了晚上十一点四十七分。快到零点了。我盯着高架铁路桥下方的区域。其实我本想沿着高架桥，一直对下方区域进行监视的，但那里路灯很少，也没有商店，仅有用围栏分隔出来的空地和停车场，总觉得飘着一股危险的气息。我是来抓纵火魔的，夜间游荡的小混混之流，抓住了也没什么意思。我决定稍微远离那里，只是远远地留意一下就好。

我调了头，沿着支路稍微骑了一会儿，又回到了住宅区。这条巡查路线绕一圈大约十分钟。支路上偶尔有卡车和货车开过，而住宅区的市民已经陷入了沉睡之中。

巡查第一圈的时候，我先检查了一遍有没有可能会被烧的东西。大概明天是收垃圾的日子，垃圾场里堆了几个塑料袋。还有人在公寓门口放了捆在一起的旧报纸和纸箱，可能是不知道连续纵火事件，又或许是即便知道，也不觉得会落到自己头上。那里要是着了火，最糟糕的情况恐怕是整栋公寓都会烧光吧。小小的十字路口竖着一块牌子，写着“此处发生交通事故 请目击者提供信息”。我上去摸了摸，发现是一块薄薄的塑料板。这东西也是点了火就会烧起来的。

“呃。”

我正在四处观察，喉咙却在不经意间冒出了令人厌恶的声音。

深夜的转角反光镜里划过了一道红光。

那不是火，是旋转灯。警车闪着旋转灯，在狭窄的道路上慢悠悠地前进着。

我先是一惊，随后怒上心头。警察是在巡逻吧？这有可能是在例行公事，也有可能是出于对连续纵火事件的警戒。

不管是出于哪个原因，犯人要是被如此引人注目的光照到，说不定就退缩了。毫无疑问，如果纵火犯不给我搞出点什么动静，那不管是拍照也好抓捕也罢，想都别想了。

“快滚啊你。”

我默默地咒骂道。

另一方面，我也祈祷它别往我这边开过来。怎么说呢，不论举出多么正当的理由，现在我的行为都属于高中生夜间游荡，被警察发现的话根本毫无辩驳之力。

警车在途中拐进了小巷，没有向我这边靠近。对方应该也没看到我，转角的反光镜救了我一命。

我继续开始巡查。要是别处还有很多警车在巡逻，今晚怕是要扑空了，我一边骑车，一边想。

五月上旬的深夜还是挺冷的。而且不知是不是倒春寒，今晚似乎格外冷。自行车跑得飞快，我穿着一件薄薄的防风衣还是觉得好冷。途中，我看见一台自动售货机散发着诱惑的亮光，可凑近一瞧，商品都是“冰”的。我记得支路边好像有个便利店，于是决定巡查第二圈的时候去买点什么暖和的东西。正这么想着的时候，我回到了出发地点。

“呼……”

我轻轻舒了一口气，开始第二圈巡查。

骑得太快或许会看漏什么细节，因此我一边慢慢地蹬着脚踏板，一边想着其他几个社员。先前我曾关照他们说，要是出现异常就发邮件，紧急时就打电话，但我的手机一直没有响过。倒不是觉得无聊，只是感到自己光这么骑车实在是没意义，于是我暂且先停下来，摆弄起手机，发了一封邮件：

“我正在上之町一丁目巡查。逮住犯人的时候，你觉得我说什么比较好？”

邮件的收件人是冰谷优人。本来我还想让他加入这次埋伏的，结果他说：“如果是我抓住了犯人，那功劳就变成我一个人的了。大家会因此忽略了新闻社。又或者说，忽略了你那勤勤恳恳的努力，这可不行啊。”此言甚是，我对冰谷的周全考虑充满感激。

发出邮件的时候，显示了发信时间。这时，我才发现日期已从五月九日星期五变成了十日星期六。

过了好几分钟，他还没回我邮件。虽然我不怎么给冰谷发邮件，但我不觉得他是那种反应特别慢的人。不过，就快凌晨一点了，搞不好他都睡着了。我刚冒出这个念头，回信终于来了：

“打如算啊你。说来，这真是一个美妙的夜晚。”

我以为他打错字了，于是立刻回复说：

“我这里可是紧张的夜晚。打如算？”

发完邮件，我骑上车，在踩下脚踏板时立刻反应过来——那是“打如意算盘”的意思。如果真是这样，那我的确没法否定。要不要给他回一句“不想得乐观点儿，谁肯在这么冷的夜里巡逻”呢？我决定等冰谷回了信再说，于是继续骑起车来。

穿过支路的话，就到了人行横道上，我抬头看了看十字路中央那白色立柱上的时钟。晚上十一点四十七分，快到零点了……不对，好奇怪。刚才我也这么想过来着。我不觉得自己的手机会显示错误的时间，那么就是时钟出故障了。好不容易建了一个漂亮的公园，设施管理却如此漫不经心。

是穿过这里去高架桥下查看，还是就这样沿着支路一直骑去便利店呢？我稍微有点犹豫。盯着红灯看的时候，手机振动起来。我还以为是冰谷的回信，结果它一直振个不停。我意识到是有人打电话进来，便慌忙从车上下来掏出手机，来电者那一栏显示着一个意想不到的名字——“小佐内由纪”。

小佐内，在这种时候，打电话给我？

交往中的女友打来电话，当然随时都是热烈欢迎的。现在的我就很不体面地露出了得意的笑。但是，我立刻转念一想，小佐内从来都没有试过在深夜给我打电话。不，邮件暂且不论，我甚至没有她打电话给我的记忆。

是出什么事了？

意外的寒冷冻僵了我的手。加上慌张，我连手机的按钮都按不好。手机一直在振，当我终于接起电话的时候，都不知已经振了多少下。我屏住呼吸，说了一声：

“你好？”

“啊，瓜野同学，你终于接了。”

我听到一个比预想中还要活泼的声音。看来没发生什么坏事。

“怎么了？这么晚打电话来。”

“嗯。我想你肯定还没睡。”

平时我还挺注意早睡的，小佐内不知道这回事也很正常。

“醒着呢。你在干吗？”

“我啊，在看书呢……瓜野同学，你不仅仅是醒着那么简单吧？要不要让我猜猜你正在干吗？”

她的声音略带恶作剧的意味。我一边推着自行车，一边沿支路慢慢地走起来。

“猜猜也行，不过我觉得你猜不到。”

“是吗？”

身边驶过一辆大卡车。轮胎声和引擎声应该都传到了电话的那头。我好像听见了她的笑声。

“我想应该猜得到。”

“请。”

“我猜呢……”

在一段仿佛在吊我胃口的沉默后——

“你正在上之町巡逻。”

我停下了脚步。

又一辆车从支路飞驰而过，这次是跑车。电话那头的她肯定也听见那震耳欲聋的引擎声了。

“听声音听出来的？”

对面的她又笑道：

“不是。是因为我觉得今晚你大概会有所行动吧。”

我是打算事后把这番功绩告诉小佐内，让她大吃一惊的，因此就没跟她说要来打埋伏的事……不过我倒跟她提过，打算倾新闻社之力抓纵火魔来着。

我从没在《船户月报》上写过“纵火魔会在第二个星期五的深夜出动”。但小佐内似乎靠自己发现了这个规律。不过，只要用心钻研一下报道，还是能归纳出这个结论的。

她看穿了我的行动确实让我心头一惊，可仔细想想，也都能一一说通，并非那么不可思议。

“没错。外头相当冷呢。”

“嗯。今晚很冷，得穿外套才行。”

我换了另一只手拿手机。

“你是为了阻止我才打电话来的？”

“什么？”

“之前，我说要抓纵火魔的时候，你不是特别反对吗？今天难道不是为了这个才打电话给我的？”

我的回话里不经意地带上了一丝愠怒。

“才不是。之前我的确是希望你放弃来着，但是今天我不是想说这些的。”

“那是为什么？”

“我是想提醒你，今晚很冷，小心别感冒了。有人担心你，你会嫌麻烦吗？”

我从没见小佐内闹过别扭。她是用怎样的表情在说这番话的呢？这么一想，我顿时可惜现在只是在打电话。喜上眉梢的我说道：

“我怎么会嫌麻烦呢？谢谢你。”

“嗯。注意安全，还有，加油。我也会加油的。”

这时，耳边传来一阵噪音，我几乎听不见小佐内的声音了。

一瞬间，我以为又有大型车辆驶过了支路，是轮胎和引擎的声音让我暂时失了聪。但我错了，是小佐内那头传来的巨响。发出有节奏感而又沉重声音的物体一听便知——是铁路，是电车驶过的声响盖过了小佐内的声音。

大概是意识到我听不见了，小佐内便没再继续说话。在那巨响消失前的数十秒之间，我一直闭口不言，只是把手机抵在耳朵上。想必小佐内也同样如此。

大概预料之外的中断让人精神有些游离了吧。电车的声响逐渐平息以后，我听到的只有一句话：

“没电了。”

然后，电话“咔嚓”一下就挂断了。

我很高兴小佐内在关心我。要是刚才有人在一旁观察，肯定会觉得咧嘴傻笑的我看上去有点狰狞吧。连我自己都觉得自己那张脸颇不正经。

应该说是万幸吧，这不正经的微笑没有持续太久。小佐内的电话挂断后才过了几分钟，在我去便利店买热饮的路上，手机再次振动起来。

我以为是她想起了什么忘记说的事。

然而，不是她。

“本田？”

屏幕上显示的名字是“本田”，是高一社员的来电。

我对本田这个男生还没有任何印象，只觉得他不太像可用之才。但这可是巡逻中的新闻社社员打来的电话，我攥紧了手机。

刚接通电话，我就听见对面喋喋不休地说：

“学长，学长！完蛋了，起火了！可恶，这火好猛，完全没有办法靠近！”

为了让陷入恐慌的本田说清事发地点，我花费了宝贵的一分钟。

烧起来的是废弃自行车。一月的时候，废弃自行车已经被盯上过。不过这仍没打破那个“罪行正在逐步升级”的规则，因为高架桥下的空地上，大火正席卷着由十几辆自行车堆成的小山。

发现我来了之后，本田带着哭腔嚷嚷道：

“学长，我到的时候，已经变成这样了……”

我把他那没出息的声音抛在脑后，凝视着大火。

火势很大，没想到自行车能烧得这么旺。但刚想到这里，我就立刻意识到，那不可能。金属做成的自行车应该不会这样熊熊燃烧。比如上个月的助动车，也只有易燃的垫子被烧光了而已。

那就是说眼前正在燃烧的或许是——油。纵火魔把废弃自行车堆起来，往上头泼了油，然后点了火！

“要……要叫上其他人吗？”

看来本田最先联络了我，还没通知其他社员。遵守了报告的顺序值得表扬，不过——

“这点小事自己判断。”

“啊，是。”

他缩头缩脑地开始操作起手机。

我突然想起来，今晚的巡查可不是为了发现纵火现场，于是冲着正在慢吞吞发邮件的本田大吼：

“这种事回头再干！犯人呢？没看见吗？”

本田吓得浑身僵硬，头埋得很低，说话的声音几乎听不见。

“大点声！”

“没看见，我来的时候已经烧起来了！”

我咂了一下舌。五个人布下的网还是没能控制住犯罪现场。不，或许还来得及？

“把所有人……”

集中起来，在四周进行搜索——我正打算这么说时，耳中传来了警笛声。是消防车，还是警车？

“啊，来了……”

本田像是看到救星一样，露出了放松的笑容。我劈头就骂：

“什么来了不来了！可恶，这也太快了。”

“啊？”

“得快点逃跑才行啊！虽然我们最早来了现场，还什么都没调查！”

“但……但是……”

本田一边往后退，一边辩解道：

“但是，火又不是我们放的。”

“那你打算怎么解释？来的要是警察怎么办？简单一句‘夜间游荡’就能把我们抓走了！”

我努力开动脑筋，拼命地想办法。事已至此只有走为上策了，我甚至感觉现在向这边靠近的就是刚才那辆警车。

但要是逃走的话，今晚的埋伏就等于颗粒无收了。我强忍着对这废物学弟的怒气，命令道：

“联系其他几个人。别用邮件，打电话。就说消防车来了，让他们快回家。还有，叫他们小心警察。”

“好……”

“赶紧的！”

我吼完，继续把视线移回现场。

高架桥下虽然有铁丝网，但围得并不严密，有空隙。人们大概就是通过那里把自行车推进来，将这里当成了停车场或是废弃场。地上杂草丛生，所以就跟着烧起来了吧。罪犯似乎没有把这里所有的自行车一口气全点燃，只是在力所能及的范围内把车堆起来再放了火。好几辆车被踢倒在一旁，没有着火。

我的视线在现场游走。

本田不知道。

谁都不知道。

我已经把资料发给大家了，用心看应该能发现，可谁也没发现。那是他们的能力问题，怪不得谁。但，我是知道的。

纵火魔会在现场留下暗号。

那绝不是什么极其明显的暗号，而是看漏了也没办法的小暗号。不过我注意到了，这次应该也会有。

我一边留意本田那喋喋不休的话语和逐渐接近的警笛声，一边迅速地观察现场。火光太过明亮，我拼命移开视线，以免一不小心就被它吸引。视野必须扩得更大才行，更大……

终于，我找到了，在铁丝网上挂着的那块写了“禁止入内”的金属牌上。

那上面有几个小小的凹陷，像是用什么小而硬的东西反复敲打而出现的痕迹。我知道那个“小而硬的东西”是什么。金属牌上不仅有凹陷，还有从右上到左下的一条崭新的划痕，只有那个部分能看到油漆剥落后露出的金属。

这就是暗号。错不了，这也是纵火魔干的好事。而船高新闻社，让他逃了。

真不甘心，但是没时间了。

“喂，准备跑了。”

本田开口说了两句什么话，到了这会儿还那么磨磨蹭蹭。我不再管他，飞身跨上了自行车。

2

谈话的内容已经定了，但在哪里谈还是一个问题。最简单的是在学校里，但选的地方要是不对，肯定会让人难以启齿。而要是特意挑一个有美味咖啡的咖啡馆，又有点太装腔作势，让人觉得格格不入。

我左思右想的结果就是——决定放学后借健吾的教室，也就是高三E班的教室一用。曾几何时，我就有过一种感慨：待在自己班以外的教室真的特别不舒坦。我坐在健吾的座位上，身体总是左摇右晃，静不下来。

所幸，等待的时间并不长。健吾到底是诚实守信，掐着约好的时间把我想见的人给带来了。

这次事件的关键人物——高二的新闻社社员，五日市同学。

五日市同学那凹陷下去的眼睛让人印象非常深刻。他明明不矮，却因为驼着背，站在健吾旁边就显得相当寒碜。不过，跟堂岛健吾站在一起还能让人夸耀其体格优势的，在搞体育的人里也找不出几个。

“给你带来了。”

健吾用那一贯的粗嗓门说道。我则回他一个比平时更柔和的笑脸。五日市同学浑身都散发出局促不安的感觉，来这里之前或许他也问过健吾好多次了吧，现在他又问了：

“那个，社长，啊不，学长，找我到底有什么事啊？”

健吾像是有些烦躁，简短地回答道：

“我也不知道……是这家伙好像有话要问你。”

这可让我难做人啦。健吾，你必须让五日市同学理解到，你是我的战友，我的话就等于你的话才行啊。再说了，怎么能说“我也不知道”呢？我都跟你说明过的，虽然或许说得不太具体。

好吧，如今才来感叹健吾的粗枝大叶也无济于事。我装出一副笑脸，招呼五日市同学坐下：

“总之你先坐吧。不好意思，放学后还把你叫过来。”

“没事……”

“我叫小鸠。健吾拜托了我一件事，我正到处打听情况。这家伙好过分啊，装得跟自己无关似的。”

我耸了耸肩，五日市同学的表情稍稍放松了一点。嗯，这样就好。

“来，坐吧。”

我又招呼了他一次，这回他终于在椅子上坐下，和我面对面。虽然没人不让健吾坐，可他就跟刚才一样，在一旁一动不动地站着。

我平静地开口：

“你高二对吧？”

“对……”

“叫五日市？”

“对。”

“是新闻社社员对吧？”

“对。”

我连续提了几个只能回答“YES”的问题，让对方的口吻松弛下来。

这是基本技巧。接着，我开玩笑似的说：

“健吾当社长的时候，你们很辛苦吧？因为这家伙完全不会变通，脑子不机灵，也不懂幽默。”

健吾气呼呼地插嘴道：

“你是为了说这些才把五日市叫来的吗？”

“哎呀，你看。他一点儿幽默都不懂。怎么可能呢？不过是个开场白嘛。”

“开不开场白都无所谓，先讲正事。”

“这就是你不机灵的地方啦。五日市同学你也受苦了吧？”

面对我投去的笑脸，五日市同学一副想笑又不敢笑的表情。嗯，气氛不错。说不定健吾完全看穿了我的意图，配合我演了一个被取笑的角色？不，怎么可能。

不过健吾说得对，该进入正题了。

“其实呢，五日市同学，健吾托我帮忙调查那个纵火事件，就是新闻社一直在追踪的那个。”

一听到纵火事件几个字，我发现五日市同学就紧张了起来，大概这话题他不怎么愿意提起吧。

“说新闻社，其实不太对。照健吾的话来说，好像只有新社长对此特别执着。他的名字叫……什么来着……”

“瓜野。”

“对，瓜野同学。就是前天吧，发生了新的纵火，在上之町一丁目的高架桥下。这次好像又是挺大的火灾吧。有几辆自行车来着？堆在一块儿烧起来了。没人受伤算是万幸。这次又预测对了，想必瓜野同学也很得意吧？”

“没有。”

对方的口吻出人意料的生硬。

“他非常不甘心，说什么明明觉得这次肯定能抓住的……”

“抓住？犯人吗？那可不是一件容易的事情啊。莫非你们还去打埋伏了？”

“是的，去打埋伏了。基本所有社员都……”

未知的信息——我瞟了健吾一眼，他摇了摇头。

我明白瓜野同学对纵火事件很感兴趣，也明白他很有行动力。这么看来总有一天，他不仅要预测受害地点，还要直接与犯人正面交锋。《船户月报》的报道也在暗示这一点。我虽然不觉得吃惊，但故意装出了一副吃惊的样子说道：

“居然还去打埋伏了！那真的是很不容易吧。”

“是的……”

“但是，没抓到犯人？”

五日市同学点点头，然后抬起眼睛偷偷看着我，大概是摸不透我的用意吧。

于是，我直截了当地说：

“其实啊，我们也想抓纵火犯。”

“咦？”

五日市同学说不出话来，紧接着下意识地看着健吾。健吾交叉着手臂站在一旁，发现五日市同学看着自己以后，他重重地点了点头。

光这么说怕是会引来误会，我继续说道：

“话先说在前头，健吾可不是为了和新闻社对抗才做出这个决定的。而我，和新闻社以及瓜野同学也没有任何渊源。健吾只是想阻止犯人，因为火灾很危险。目前为止的那些事件都是小打小闹的小火灾，应该在这个阶段就把它掐灭。我也是这么想的。你觉得呢？”

接到我甩过去的问题，五日市同学的表情显得十分尴尬。我发现他的视线飘移，开始左顾右盼，便说：

“这里是高三的教室。”

我是想委婉地表示：不管说什么都传不到瓜野新社长的耳朵里去。于是，他终于开了口：

“我觉得，这是警察的工作。”

“原来如此。”

“我一直觉得，如果瓜野发现了一些连警察都不知道的情况，那必须报警才对。说不定那家伙想得到的事，警察也早就注意到了，但以防万一还是报警比较好。可是那家伙，说什么头条不头条的，满脑子都是怎么出名……他想得太简单了，还把我们都拖下水。他就没想过，回头要是我们被警察传唤，那该怎么办啊？”

他的语气越来越激动。

“再说了，那时的巡查也很危险。有个高一的还被骑车巡逻的警察抓住了。好在离他自己家很近，幸运地蒙混过关了，但吓得他直哆嗦，怪可怜的。但瓜野对此无动于衷。要是留下了被训导的前科，说不定对中心考试（**注：相当于中国的高考**）。都会有影响，可瓜野丝毫没考虑过这一点。想干的话，他一个人去干不就好了吗？”

“不过，你也去了，是吧？”

我本打算对五日市同学为学弟挺身而出的勇气表示赞扬，可他却想到其他方面去了。

“是的……因为当时的气氛我拒绝不了。”

啊，这里有我的人生导师。

我不想跟危险的事扯上什么瓜葛。万一扯上了，我就告诉警察，之后全交给他们便好。知道些什么却闭口不言简直是岂有此理，我对这种不尽市民责任的行为感到非常愤慨。而愤慨完，我会眉头紧锁，却不会去报警。

我感到自己的面容缓和下来。这正是小市民式的姿态不是吗？而且最后也无可挑剔，在无法拒绝的气氛里就不拒绝——这之中甚至有种美感！我应该从五日市同学身上找出自己理想中的存在方式，难道不是吗？

我不禁想拜他为师，但现在不是时候，我还没有完全排除小佐内同学纵火的可能性。可即便有什么万一，也不能把小佐内同学移交司法机关……真要这样了，怕是会引起一场持久战吧。

那么，我要怎样说服这位小市民——五日市同学，告诉他我需要他的协助呢？

我正想得有点烦躁的时候，旁边传来粗犷的声音，是健吾——

“你说得完全没错，学生指导室也在担心这事。”

“对吧？我不能再跟着瓜野胡闹了。”

“但是吧，我还是想求你帮个忙。”

恐怕健吾是第一次对五日市同学说这种话吧，五日市吃了一惊，张口结舌。

“因为还没有确切证据，所以我无法说得很具体。但有一句可以说：我和小鸠有个共同的熟人，我们在怀疑是不是那个人纵的火。”

“什么……”

五日市同学的表情明显闪过一丝恐惧的神色。

“学长的熟人？”

“只是有这个可能性，所以我们会和新闻社分头找犯人。我们想阻止对方，至少要让对方自首。为此，我们想借助你的力量。你也不希望再发生那种事件，不是吗？”

这是非常有健吾风格的说辞。

如果五日市同学再聪明一点，应该就会发现这已经和刚才健吾所谓的“不知道为什么要叫你出来”产生了矛盾。

“我……”

“你一直干得不错。其实我本来觉得社长应该是你才对，为了给瓜野踩刹车。”

从健吾的立场来说，这话既不是撒谎也不是恭维吧。五日市同学的表情渐渐变了。

“瓜野的所作所为虽然危险，但从根本上来说也没有做错。只是，如果事件继续发展，不仅是他，整个新闻社会怎么样？如果你肯帮忙，就能结束这个状况。”

五日市同学对堂岛健吾的信任程度，似乎和我对健吾的信任程度差不多。尽管还没完全消除内心的犹豫，但他最终说了这么一句话：

“我明白了，如果是力所能及的事……”

健吾没说什么感恩戴德的话，但一句“不好意思了”已经足矣。

相互起誓并肩战斗的新闻社现社员和新闻社原社长，这画面让旁观的我胸口发热。而此刻，二人的视线同时聚焦到我身上。

“那我该做些什么呢？”

不管怎么说，目前算是满足了解决问题的最低条件。要请五日市同学帮忙的事有很多，但首先有句话我想问一问他——

“那么，请你先告诉我一件事。”

“好。”

我清了清嗓子，挤出笑脸问道：

“最近，瓜野同学有没有好好工作呀？”

把五日市同学送走以后，健吾正面堵住了我，他的表情非常恐怖。看上去他是有话要说，于是我先下手为强说道：

“到底是你厉害啊，巧妙地说服了他。我可做不到那样。”

难得我夸了他，他的表情却可怕依旧，丝毫不理会我。

“那就是五日市。你对他有什么想法？”

“什么想法……”

我稍微思考了一下。实话实说是一种美德，但也要讲究方式和方法，还是给印象裹上委婉的糖衣比较好。

“朴实的学弟啊。”

于是，健吾直勾勾地盯着我，点了一下头说道：

“没错。胆子是小了点，不过很朴实。受人之托就没法拒绝的个性简直有些可怜。所以，常悟朗——”

“怎么？”

“你别害了他。”

啊，原来他在担心这个啊。

我故意夸张地耸了耸肩，笑着说：

“我才不会干那种事。”

健吾的眼神似乎很冰冷，他完全不相信我说的话。这可看错我了。我有些生气，回嘴道：

“我想你是不是误会了，我本来就不擅长做这种事。都说了我不会骗他啦。你看我连说服别人都不够老练，是吧？”

健吾也不像是被我的气势给压倒了，但他的表情有点不知所措。

“这个嘛，倒也是。我本来以为你会更花言巧语一些的。”

“我不知道你是怎么想的，但笼络和怀柔可不是我的强项。这种事……”

说到一半，我突然欲言又止。继续说下去的话，无论如何都会变成造谣中伤了吧。

“怎么了？”

“不，没什么。”

——这种事是小佐内同学的强项。

——让你放下心来，飞身扑入你怀中，装作被利用的样子来利用你。

现在回想起高一时的春季限定草莓挞事件，我甚至很是怀念。那次事件中，小佐内同学从健吾的姐姐那里获得了决定性的信息，她们仅见过一次面。还有去年的夏季限定热带水果芭菲事件，和小佐内同学搭档的另一个女生更可怜，她甚至都没意识到这一点。

中学时，小佐内同学的这份天资尚不明显。进高中以后，它逐步显现了出来。她能够操纵信息。

在这一连串的纵火事件中，小佐内同学占据了怎样的位置仍是未知数。可以确定的是，瓜野高彦这个新闻社社员和她是有联系的。

这次，本可以让健吾帮我把瓜野同学叫出来。只要瓜野同学肯协助，就有可能一气呵成地解决此事。

然而，我最终选择了五日市同学，除了不想把信息泄露给小佐内同学以外，没有别的理由……因为如果变成信息战，对我们是非常不利的。

一想到这里，我不禁苦笑起来。

我和小佐内同学都已经在去年暑假分开了，结果现在好像又和她对上了。区别只在于，摆在我和她之间的是盛着极品甜品的盘子，还是连续纵火事件。

在我叹出一口气的时候，口袋里的手机振动了。

“怎么了？”

“嗯，没什么。”

现在会给我发邮件的只有两个人。健吾在我面前，所以不用看就知道会是谁发来的。

“什么事都没有。”

我重振了一下精神。

“总而言之，这么一来就能开始实行我们的策略了。毕竟，新闻社现社员的协助是不可或缺的嘛。”

尽管我完全换了一个话题，健吾却没上钩。倒不如说，他像是在等着我这句话似的问道：

“就是这点。先前我听到的只是:逼出纵火犯需要五日市的帮助。所以我很不放心啊。你打算让他去干吗？问瓜野有没有好好工作到底是什么意思？”

他步步紧逼。果然，他很担心把学弟牵扯进来吧，真是一个好学长。我要是也加入个什么社团就好了呢。

“就是字面意思啊。瓜野同学到底有多努力地在干《船户月报》的活儿，是一个极其重要的因素。”

我从书包里拿出一个透明文件夹。

“从先前听到的话来看，瓜野同学的意思是，木良市的《防灾计划》是这次事件的关键，对吧？之前让你给我看过，你说分署的管辖区域决定了犯人的作案方针。”

“是啊，没错。”

“健吾，笼络和怀柔不是我的强项。顺便再说一句，我也不擅长一丝不苟的调查。所以，可能的话，希望能由你来帮我完成。”

我故意拐弯抹角地说道。

不出所料，健吾皱起了眉头说道：

“怎么，你是说我有什么事没干吗？”

“是啊，是有事没干。当然，并非只有你啦。”

我把透明文件夹放在课桌上。健吾瞥了它一眼，那个瞬间他的表情流露出一丝动摇。

“就是嘛，新闻社该好好调查一下这份资料。不把它的真伪辨别清楚可不行。”

收在文件夹里的是《防灾计划》的复印件。

“我先去了一趟市政府。那里的人说没有应对的部门，而且大概因为我不过是一个高中生吧，他们完全把我晾在一边。于是，我放弃了市政府，去了图书馆，结果很轻松地找到了……事件是从去年持续到现在的，所以我最先复印的是去年的《防灾计划》。你看啊。”

或许是因为被我戳穿了自己的疏忽，健吾那张脸板得像块石头。不过他还是伸手把复印件拉到面前，然后他的表情立马又变了样。

“喂，常悟朗，这——”

对证据抱持怀疑态度是很重要的。去年的《防灾计划》里有这样一些内容——

（木良市防灾计划 第十一页）

木良市消防署一览

木良消防署

木良南消防署

木良西消防署

木良市消防分署一览

加纳分署

桧町分署

针见分署

北浦分署

上之町分署

华山分署

当真分署

津野分署

茜边分署

小指分署

西森分署

叶前分署

我点了点头，说道：

“是的。在新的《防灾计划》上，根本就没写什么消防分署的管辖区域。”

健吾紧紧地盯着复印件，好像这样做了，那些管辖区域就会自动浮现出来似的。不过实在不巧，我可不记得我做过什么显影处理。

“这是从去年的《防灾计划》里复印出来的。两年前的那本里也没写管辖区域，三年前的也没有。从某一年开始就不写管辖区域了。理由不得而知。或许是有人从旁插嘴说，为了更有弹性地运用消防资源，不该事先划定管辖区域。总之现在的事实就是——”

我从透明文件夹里又拿出一张复印件，和刚才那张几乎没有区别，页码也一样，但是这张上记载着管辖区域。

“不去追查六年前的《防灾计划》，是看不到管辖区域的。而七年前，还不存在小指分署。”

看着两张复印件，健吾有点茫然地喃喃自语道：

“六年前……”

打扰他思考实在不太好意思，但我还有信息要说明——

“各个消防分署似乎确实有大致的管辖区域。说不定除了《防灾计划》还有其他资料记载了这些信息。只是，好像没有证据显示它们是按照加纳分署、桧町分署、针见分署这样的顺序来排列的。不同的资料上顺序也各不相同。换句话说，我们可以认为，只有在《防灾计划》中才能看到这样的顺序。”

“那就是说……”

健吾露出十分复杂的表情嗫嚅着。

他实在太过愁眉苦脸，怕是还没弄明白我的意思。尽管我觉得有些话是明摆着的，但还是暂且归纳了一番——

“那就是说，只有看过六年前发行的那本《防灾计划》的人，才会知道分署的排列和管辖区域的关联。”

“我明白。明白是明白……”

健吾的语气中带着焦躁。

“可这到底是怎么回事？”

到底是怎么回事？我觉得一切都很清楚。据瓜野同学说，他是在自己家里发现《防灾计划》的，还说他哥哥是消防员。瓜野家书架上的那本《防灾计划》是六年前的。仅此而已。

而这个事实又暗示了另一个耐人寻味的事实。

不过我不打算立刻说出来，因为看着健吾混乱的样子还挺好玩的。

于是，我换了一个话题：

“要说是策略，其实也挺需要耐心的。总之，要出成果得花一个月。之后嘛，要是能再请吉口同学帮帮忙就万无一失了吧。”

只是，太依赖她的话，信息费就太贵了。

“在那之前，我们就慢悠悠地进行考前复习吧。”

我的现代文的成绩虽然有所提高，但这次轮到英语不稳定了。真没想到，我现在还搞不清关系代名词。

这到底是怎么回事嘛……

◇

一个月有四到五个周末，其中有三到四个周末的星期六或星期天，我会跟仲丸同学在一起。从去年九月突然开始跟她交往以来，这个节奏几乎没有变过。寒假和春假则另当别论。

五月的最后一周。下午一点，在电车站前碰头——这也是常有的模式。只不过，虽说是春季，但是这天越来越热了。因为觉得满头大汗太不体面，我便穿上短袖出了门。

我的选择是正确的。天气预报虽然什么都没说，但今天的日照非常强烈。正午过后，气温节节攀升，万里无云，没有一丝风。站前铺着水泥地，根本无处散热。我走到喷水池旁边，希望能有些许的凉意。尽管约好的时间已经过了，不过我早已把仲丸同学会迟到五至三十分钟纳入了预估情况中。

今天迟到了二十分钟，算是不长不短吧。仲丸同学一边把手举在胸前轻轻挥动，一边向我走来。我们的对话一如往常——

“对不起，等很久了？”

“没，我也刚到。”

她看看我，笑了起来。

“真好呀，看上去很凉快嘛。”

说来，仲丸同学穿的还是春季的行头。亮黄色的开襟毛衣是她在以前约会的时候买的。颜色是挺漂亮，但今天确实太暖和了，或许不太搭。

不过——

“白天也就算了，夜里还是有点冷的呢。”

听我这么说，仲丸同学的表情阴沉下来。

“啊，是啊。嗯，说起这个……”

“嗯？你说夜里冷？”

“不是，是说今晚的事。对不起！”

她双手合十，说道：

“今天我必须早点回家。难得的约会，真的很抱歉。”

什么嘛，是指这个啊。

“没关系啊，你家里不是不许你太晚嘛。”

我挤出笑容，顺便补充了一句：

“好可惜啊。”

最开始的时候，不论多晚，我们都不会提出要早回家。如果是星期天碰面，因为第二天要上学，我们一般也会适可而止。碰上星期六，就没怎么在意过了。

而不知从什么时候起，大概是春假前后，仲丸同学提到了要早归的规矩。原因似乎是她父母责备她深夜在外游荡。都玩了那么久才恍然大悟吗？但我也不打算多说什么。因此，我觉得今天她提到这事也很正常。

这时，仲丸同学却露出了复杂的表情，说道：

“然后呢，今天稍微有点不一样啦，到傍晚左右就得……”

这么一来，差不多还有一个半小时。我不知道她所谓的傍晚大概是几点，但似乎用不了多久就到了。按照惯有的模式，首先要去几家服装店和杂货店转转。

“是吗？那我们赶快走吧。”

“你就不问问我为什么要早回去吗？”

啊，嗯，这样啊……

“我想应该是家里有事。”

仲丸同学像是故意做给我看似的，眼神游移着说：

“毕竟快到正式考试了嘛，脑子笨的人当然会着急吧。”

我并不知道仲丸同学的实际成绩如何，但“快到正式考试了”这话我同意。然而，这也不是把星期六的约会提前几小时结束就能怎么样的事情。假如是这么明显的谎言，何必一定要我问她呢？

好吧，这就是所谓的纤细少女心吧。

过了一会儿，仲丸同学像是要窥探我内心似的抬眼看看我。大概是明白我不会再继续提问了吧，这次她稍有些恶作剧似的用两手捂着肚子说：

“然后，还有一件事，我还没吃午饭呢。能找个地方吃饭吗？”

“当然可以。”

我笑着点头，同时心想：早知道会这样，就不该吃那份生姜猪肉套餐啊。

站前的拱廊街特别冷清，很多商店都拉着卷帘门。不过，也不至于萧条到找不着一家能在星期六午后提供午餐的店。

比如，立刻跃入眼帘的是一家汉堡包店。坐在那家店的吧台座位能一览站前的环形公交车站。有什么需要的时候，那是一个绝佳的监视点。

“那里怎么样？”

我问仲丸同学。她只是“嗯”了一声，没有点头。尽管她对食物并不挑剔，但难得约会，只吃一个汉堡包确实有点不够意思，这心情我能理解。

于是，我们沿着街走起来。

除了汉堡包店我还想到另一家店，但没敢说。之前，在我提到有美味甜品的咖啡馆时，仲丸同学曾训斥我说“你前女友的身影会在眼前晃来晃去”，那时我们好像就是走在三夜路上。这么想来，我们是在不断巩固既有路线啊。大致上说，目前我们已经形成了“站前三夜路散步路线”和“前往影城路线”两种模式。当初的“全景岛”那次也很开心，可谁都没再提过故地重游的事。我不会提议去近郊的汽车学校或是濒临拆除的体育馆，不过或许是得花点心思多开发几个约会去处比较好。

这条路我们走过很多遍，但我还是第一次注意到有一家中式餐馆。门面很窄，不太起眼，也可能是我从没打算在三夜路吃中餐，所以脑海中没留下对它的印象吧。我用眼神征求仲丸同学的意见，她一脸惊愕地说道：

“不是吧，逗我呢？”

即便只是透过脏兮兮的玻璃门，我们也能看到一排弓着背，吞云吐雾的大叔。我不知道堂岛健吾会怎样，但对仲丸同学来说确实是受不了的吧。

只是，我们没时间挑挑拣拣了。

“不过，两点以后这些店差不多都要关门了。”

“我也是这么想的。嗯——就没什么好点的店吗？”

我拿出手机看了看时间，大概是下午一点四十分。要是真的没办法，去便利店随便买点吃的也行……但与其如此，还是汉堡包稍微好点吧。有没有什么店呢？我环顾左右。

有几家看上去是小酒馆的店，但我们不可能去那种地方，况且白天根本不开门。要是没有那些多余的束缚，我是觉得“樱庵”也不错啦。那里的烤三明治光看着都觉得好吃。

这时，仲丸同学指着马路对面说：

“啊，要不去那里吧？”

我一看，挂着幡旗。那里有个家庭餐厅。我知道支路沿线有好几家，但不知道这里也有。难道说，是最近才开的吗？

“你看，还在搞展销呢。今天这么热，凉凉的意大利面正好呢。”

幡旗在没风的天气里纹丝不动，上面写着“冷制意大利面展销”。“白蘑菇冷制意大利面”是八百日元。原来她说的是这个。

“小鸠鸠，去那边行吗？”

“嗯，行呀。应该有饮料畅饮的吧。”

结果，仲丸同学一脸讶异地问道：

“你不吃吗？”

“啊，嗯。我已经吃过午饭了。不过量不太多，所以我想再吃点轻食吧。家庭餐厅的话就正好啦。”

“是吗……对不起。”

不知为何，她给了我一个十分抱歉的表情。约在下午一点见面的话，以前基本都是吃过午饭才来的……为什么她偏偏会在今天为了这点小事而情绪低落呢？我有点心神不宁。如果碰上了什么麻烦，我倒也不是不能帮她做个参谋。

总之，先去餐厅，要是有什么不对劲，我再试着问问看。

“那我们走吧。”

我先迈开步子，仲丸同学也默默地跟了上来。

本以为已经有点晚了，没想到餐厅里的客人还挺多的。其实我希望室内能有冷气，但空调似乎还没开，店里也不是很凉快。好吧，今天虽然热得离谱，但月历还停在五月，不开空调也没办法。

离门口最近的一桌坐着四个女人，正在大声说笑。恐怕也不是那笑声的错吧，但服务员过了好一会儿才注意到我们。对方穿着白围裙，大大咧咧地别着一个写着“实习中”字样的徽章，小跑着迎上来，说：

“欢迎光临，两位吗？”

“是的。”

“请问坐禁烟席还是吸烟席？”

怎么看我们都是未成年人吧，居然还这么问。不过我也算认识几个喜欢抽烟的同级生，但作为一个小市民，不到二十岁是烟酒不沾的。

“禁烟的。”

“这边请。”

她带我们去的座位在餐厅深处，刚才那四人组的笑声基本传不过来。

“确定点什么餐之后，请按这边的按钮。”

实习中的服务员微笑着说完这句话就退下了。既然这么说，那点餐是不成问题的吧，可我往桌上一看，连菜单的影子都没有。难道在桌子下面？我俯身瞧了瞧，除了仲丸同学的腿就没别的了。行吧，这下怎么办？我歪起脑袋，这时仲丸同学问道：

“我说，小鸠鸠……你是不是不饿？”

不知为什么，仲丸同学一直低着头。她就那么在意吗？

“嗯。不过这点小事无所谓啊。”

“还有，我今天也迟到了。你是不是等了很久？”

“也没……我没当一回事啦。”

她会觉得迟到不对，令我稍有点惊讶。见面的时候，她什么也没说，我还以为她不在意呢。

我重新打量起仲丸同学。

刚才我多少注意到一点，不过现在她的表情明显很沉重。说是沉重，感觉上更像是在小心翼翼地揣度着我的态度。怎么回事呢？莫非是我脸上沾着生姜猪肉的酱汁了？我不由得摸了摸自己的面颊。

“彼此彼此而已。还是说，你碰上什么事了？”

“什么事是什么？”

“我不知道啊。”

我既不知道，也不是很想知道吧。

仲丸同学把手肘支在桌上，看起来有点坐立不安。

“我一直在想……”

她开口道：

“小鸠鸠是一个特别体贴的人呢，比一般人体贴多了。”

她张口就夸，我还没做好心理准备呢。而且，一般人的体贴又是怎样的？

“有吗？”

“有啊！”

她一口咬定。

你说有就有吧——我想道。

仲丸同学像是下了什么决心似的，说：

“比如说吧。我是说，比如……我要是做了什么样的事，你才不会原谅我呢？”

“这问题还真奇怪啊。”

“我都说了是‘比如’嘛。”

这也是纤细的少女心吗？

自己对自己，和他人对自己的评价往往是有差距的，所以我并不打算否定仲丸同学所谓的“体贴论”。当然，就算我想着“说什么呢，你这小兔子”（注：出自日本童谣《兔子与乌龟》中的歌词）这句话，我也不会说出来。如此体贴的我，要问我不能容许仲丸同学做的事嘛……

这问题真的很难回答。

到底怎样回答才算正确答案呢？到底要怎么说，才能吻合仲丸同学对我的印象呢？

“如果对我做了太不合常理的事，那当然是不能原谅的吧。比如突然冲我泼水什么的。”

“嗯，我不是指这种。”

我知道啊。这么说来，桌上也没水。刚才那个服务员和“实习中”的徽章还真是般配啊。

“如果不是这种……感觉上不管你做什么，最后我都会原谅呢。不过这也很正常吧，很少有人会永远不原谅他人啊。”

不论是接受道歉后原谅，还是经过一段时间后原谅，甚至报仇雪恨后再原谅，结果都是原谅。

然而，仲丸同学并没有把我的后半句听进去。

“是啊，感觉上小鸠鸠都会原谅呢。因为你很体贴嘛。”

为什么她今天突然……直到上周，她都不会说这种话的。这让我心痒痒的，而她前言不搭后语又让人莫名其妙，我决定先换个话题试试：

“不过，连菜单也没有真的是无法原谅呢。我叫一下服务员。”

我按下了那个确定点餐后就可以按的按钮，铃声比我想象的要响得多。仲丸同学刚想开口跟我说话，却似乎被那响亮的铃声打断，错失了时机。

实习中的服务员非常酷。听我说完“没菜单，还有，能不能给一杯水”后，她毫不慌乱地答道：

“实在抱歉，这就给您拿过来。”

然后，她便走开了。

菜单是一只手拿着还能绰绰有余的厚纸，共三大张。服务员一边把它们排在桌上，一边轻快地加了一句：

“这款白蘑菇冷制意大利面已经卖完了。”

挂在幡旗上的招牌菜品居然卖完了。

“确定点什么餐之后，请按这边的按钮。”

在她说话的时候，我还真有点小饿了。看看菜单，好像有个叫“丝滑牛油果三明治”的东西。说实话，“丝滑三明治”这名字读出来就有点倒胃口，不过这是带着咖啡的套餐，关键是还很便宜。

“我已经想好啦。”

仲丸同学还在纠结。

“嗯……白蘑菇已经没了对吧？”

她一边嘟囔，一边看着那张写了“炎炎盛夏！冷制意大利面展销”的菜单。从我这边看过去文字都是倒着的，读起来颇吃力，不过我还是看到了“白蘑菇冷制意大利面”和“风味绝佳全熟番茄沙拉意大利面”两种。应该说，只有这两种。说是展销却只有两种菜品，而且其中之一还卖完了，搞什么嘛。再说了，五月就“炎炎盛夏”又是怎么回事？现在就这样子，到了七月打算找什么借口啊？快，把你们老板叫来，我要教育教育他！

我正沉浸在这小市民式的妄想中乐不可支，只听见仲丸同学说：

“让我看看你那份菜单。”

我递过去，她飞快地扫了一遍，立刻说：

“我决定了，小鸠鸠也想好了是吧？那我就叫服务员啦？”

我点头。仲丸同学伸出手指，于是响亮的铃声再次响彻店堂。哪怕知道有这回事，我还是吓了一跳。我甚至想，难不成是为了让实习中的服务员也能听见，于是故意提高了音量吗?

刚才那位服务员过来了，手法笨拙地在一个像计算器似的机器上按起来。她一直盯着屏幕，声音轻快地说：

“好的，请下单。”

“那，我要牛油果三明治的咖啡套餐。”

“好……请稍等。这个这个……好，没问题了。”

真的没问题吗?我的余光扫到了仲丸同学，她也是一脸不安。

“那，我要火热三文鱼奶油意面。”

“好，三文鱼……意面……好，给二位重复一遍。牛优果三明治的咖啡套餐，三文鱼奶油意面对吗?”

不，是牛“油”果。

——这个错误我是不会纠正的。

“对，拜托了。”

“请稍候。”

服务员去厨房后，仲丸同学和我面面相觑，同时笑了出来。这餐厅的服务员原本也不是只有一个，为什么每次过来的都是她呢?

话说回来，刚才还真有点蹊跷啊。有一抹混沌钻进了我们这秩序井然的世界呢。

我琢磨着，决定通过一点小心思来解决。

仲丸同学拿起杯子，喝了一口水，然后保持着微笑道：

“话说呀……”

“嗯。”

“我们在一起也挺长时间了吧。”

嗯，是吧。我现在还记得那次放学后见面，好像是在去年九月。屈指一算——

“九个月了啊，是不短了。”

“如今说这话或许有点晚，不过我们还是挺合得来的对吧。”

我一脸平静地点点头。

仲丸同学稍稍把视线移开，装出若无其事的样子继续说：

“但是呢，有好多人都不知道我们在交往呢。”

“是吗？”

“知道的人是知道啦。”

意思是，不知道的人就不知道。我不太明白她说这话的目的，只好暧昧地附和。仲丸同学脸上虽然带着笑，但脸颊似乎有点不自然的抽搐。

“但是啊，总有些人会很了解这种事对吧？就是那种‘怎么就能知道得那么透彻’的人。”

“这种事？”

“就是这种事啦。”

是指我在和仲丸同学交往这件事吗？

仲丸同学突然对上了我的视线，说道：

“小鸠鸠，你不也认识这种人吗？”

她在试探什么。我清楚地感受到了她对我的试探，所以说她试探的手法太明显了。

我故意歪了歪脖子说：

“没有吧。我倒是认识新闻社原社长，但那家伙是个粗人嘛，知道的事应该没那么清楚吧。你在找这种人吗？”

“那倒也不是……”

她含糊其词。然后，我们陷入了沉默之中。

打破寂静的，是服务员。又是刚才那个实习生。

“让您久等了。哪位点了三文鱼奶油意面？”

“啊，这边。”

“这是套餐附赠的沙拉。”

她把装在小碗里的沙拉放在桌上。掰碎的生菜，卷心菜丝，还有八分之一块番茄。白色的酱汁应该是凯撒酱吧。

仲丸同学一脸吃惊地看着小碗说道：

“还有沙拉呀？”

“是的，这是午间套餐。”

服务员并没有摆上吃饭用的餐具。是不是又失误了？我刚想抗议，但仔细看了看，发现靠在桌边的盒子里放着餐刀以外的餐具。

我把勺子和叉子递给仲丸同学，自己也拿了一把叉子。然后，没管她那句“啊，谢谢”，就伸出了拿叉子的手。

“番茄归我咯。”

我瞄准她沙拉里的番茄戳了下去。我的手速如电光石火一般，等她反应过来的时候，番茄已经到我嘴里了。

“咦？”

她发愣的样子十分滑稽。

“咦？可以是可以，不过小鸠鸠，你是想吃番茄吗？”

我将番茄一口吞下肚，说：

“与其说我想吃，不如说是仲丸同学不太想吃吧？”

“我不想吃？”

仲丸同学像是被深奥的问题难倒了似的，严肃地直盯着沙拉看。

“我……”

她一脸茫然地问：

“为什么你觉得我讨厌番茄呢？”

我笑了。

理由实在太简单了，想都不用想。即使问我，也没什么好说的，但既然你想听，那我就说吧。

“因为，你在选这家餐厅前不是说了吗？想吃‘凉凉的意大利面’。”

“嗯。”

她坦率地点点头。

“但实际上，你点的却是热的奶油意面，对吧？”

“是没错啦……”

这就是最异常的地方。为了吃冷意面进了餐厅，却点了热意面。从低温到高温，这才真的是:熵的不可逆性增加。

我不得不对此发起抵抗。

“于是我想，这是为什么呢？确实，幡旗上写的白蘑菇冷制意面已经卖完了，但还有别的冷制意面。明明有番茄意面，你却没点。想吃冷的才进来这家店，结果却点了热的，所以我想应该是有什么理由吧。”

我随手指了指天花板。

“如果这里开了冷气，那突然不想吃冷的倒也不算奇怪。但是这里并没开冷气，反倒还有点热对吧？”

仲丸同学喃喃地冒出一句：

“啊，你是这个意思呀？”

“嗯。在不凉快的情况下放弃了冷制意面，那我觉得，剩下的可能性就是‘讨厌番茄意面’这条了。所以，我想着帮你吃了好啦。”

我笑了起来。

仲丸同学看上去在钻牛角尖，我以为她会说出烦恼的根源，可似乎也没这种迹象。她所做的只是牵着你的鼻子转圈圈。这可就有点无聊了，所以我才会想出那样的点子。反正我不讨厌番茄，就当是为恋人花的一点小心思吧。

“其实……”

仲丸同学一脸的愕然。

“小鸠鸠，你总是会在一些奇怪的时候说些奇怪的话呢。而且，说得还挺开心的。”

“因为我觉得比起无聊的话，这样稍微有意思一点呀。”

“可是啊——”

仲丸同学看着已经没有番茄的沙拉说：

“我并不是很讨厌番茄。”

“啊，是吗？”

怎么搞的，我那祈求恢复秩序的严密推理竟然被一句话给轻易推翻了。

我一边体会着令人一蹶不振的挫败感，一边问：

“那是为什么呢？”

来吧，让我们听听仲丸同学的理由，究竟是怎样恐怖的真相令你放弃了原本瞄准的冷制意面！

她告诉我说：

“从菜单上的照片来看，奶油意面比番茄意面看起来要好吃嘛。”

原来如此。

“而且，还便宜一百日元。”

好吧，这理由很充分。

在那之后，仲丸同学什么也没再说，就像是在自命不凡的地方空欢喜一场，结果连说话的兴致也被消磨光了。就这样，我们分别享用了丝滑牛油果三明治和奶油意面。

当然，我很明白，仲丸同学实际上是想知道些什么。

我认识的那个详细掌握着船户高中男女交往状况的人物，指的当然就是之前健吾介绍给我的吉口同学。仲丸同学想知道我是否认识她。

她直接问的话，我说一句“认识”就行了，但不知为何她非要用那种像是含了一个橄榄的方式来问。我觉得这拙劣程度实在太可怜，所以才想岔开话题。不知有没有起到一定的作用呢？

吃完后，仲丸同学也点了一杯咖啡。实习中的服务员说：

“那就帮您改成带饮料的午间套餐吧。”

但瞧她操作机器时那不熟练的手法，我真担心她到底有没有改成套餐的价格。

看着面前的咖啡，仲丸同学小声道：

“我说……”

她的声音很高昂，头却低着。

“我说……小鸠鸠……你是喜欢我哪一点才跟我交往的？”

问我喜欢哪一点，倒是有很多点。

不过，就像她迟到时问“对不起，等很久了吗”时，我会回答“没有，我也刚到”一样，对于这个问题，我也早就准备好了答案。我一边用纸巾擦拭沾在拇指上的牛油果酱，一边说：

“我觉得，试图用语言来表达跟某人在一起的理由，其实是招致错误的根源。你应该明白吧？”

仲丸同学默默地喝了一口热咖啡，然后抬起脸笑着说：

“完全不明白。”

3

（五月十日 朝日新闻 地方版）

木良市上之町发生可疑火灾 疑为连续可疑纵火

十日凌晨零点左右，木良市上之町一丁目的高架铁路桥下，废弃自行车发生燃烧，附近居民发现后拨打了119火警。消防队虽成功灭火，但包括十几辆废弃自行车在内的约十平方米区域均被烧毁。未出现伤者。木良署认为有纵火嫌疑，正在展开调查。

今年以来，木良市相继发生多起可疑火灾。这场火灾刚好发生在上之町自治会计划展开防灾巡逻的时候。

（五月十八日 读卖新闻）

预防火灾 木良市防灾训练

十七日，木良市三宫寺町的当地居民进行了防灾训练。在木良消防署消防员的指导下，居民们学习了初期灭火法等知识。

从去年开始，木良市连续发生了多起可疑火灾。三宫寺町拥有多幢历史性建筑物，许多居民们都对此表示不安。木良消防署的田中晴臣消防员（51岁）表示："发动当地力量防患于未然十分重要。"

（六月二日 船户月报 第八版专栏）

本栏继续为大家带来新闻社倾尽全力追踪的市内连续纵火事件的最新报道。五月，可恶的犯人又作案了。十日星期六，上之町一丁目的高架铁路桥下，犯人将十几辆废弃自行车堆在一起，付之一炬。

本栏记者偶然遭遇了此次事件。近距离目睹火灾，实在是可怕极了！记者仿佛感到那火灾在不由分说地告诉人们：当火势无穷无尽地扩张时，我们将不得不为此付出惨痛的代价（所幸本次的火势还不至于烧毁高架桥）。从现场痕迹来看，本次事件又是那个纵火魔——火人干的好事。面对那场火灾，不仅本栏记者，就连新闻社全体社员都再次下定决心，万不可放虎归山。

本月，北浦町会成为新的目标。北浦拥有综合运动场、北浦大桥、木良城址公园等诸多重要设施。新闻社强烈期望，火人能在本月被绳之以法。（瓜野高彦）

今年好像不是少雨的梅雨期。连日的阴雨，搞得我上学都没精打采。不过，还好预定要出门的星期六没下雨。天气预报说，午后开始降水概率是百分之二十。内心虽然不安，我还是跨上自行车，往占据了木良市北侧的北浦町骑去。

去北浦町，当然是为了踩点。上个月在上之町的巡查监视欠缺计划性。说是新闻社倾巢出动打埋伏，可毕竟也才六个社员。其中一人总是借口说家里管得严，无法算在战斗力中。还有一人在上个月的埋伏中遭到巡警的盘问，总是躲得远远的。不带着点押宝的心态，回头又会让犯人逃了吧。从上之町的巡逻状况来看，有可能警察也对这事件认真起来了，恐怕已经没多少机会让我们亲手抓住犯人了。

我也能叫上新闻社里的人一起去踩点。不过，我最终还是找了冰谷。因为他比新闻社的任何人都值得信赖。作为社长，这样的现状的确非常令人遗憾，但事实如此，我也无可奈何。

我和冰谷约在电车站前碰面。他穿着横条纹的翻领衫，看上去很凉快，但见面后他说的第一句话是：

“哎呀，热得跟蒸笼似的啊。”

事实上，不管怎么下雨，这天也丝毫没有变得更舒服一点。六月都这样了，到了盛夏该热成什么样啊——我不禁担心起来。

我们像以前一样并排骑着自行车，沿着市道一路往北浦骑去。这里有不少可能会成为纵火犯作案的点。我正迷惑着该从哪里开始时，冰谷说了一句“总之，先去城址公园看看吧”，便这么决定了。

城址公园，名字听上去很威风，实际上连一堵假的城墙也没有，就是一个很宁静的公园。在停车场停好自行车，我一边上锁，一边嘀咕：

“这次应该不会再盯上自行车了吧……”

冰谷笑着说：

“一上来就这么耸人听闻啊。也对，毕竟是来踩点的。我也觉得不会再是自行车了呢。”

一月，废弃自行车被烧。上个月，十几辆自行车堆在一起在我面前被烧。但是我并不觉得犯人只会专注于自行车，他应该不会盯着同一对象反复下手吧。

走进公园，道路已渐渐干了。但草地仍像是笼罩着湿气，草叶上蒸腾出的热气把草地整个包裹了起来。

“到处都是雨季的感觉呢。”

冰谷愉悦地指着的地方盛开着草本花卉——淡粉色，仿佛铃铛的形状十分可爱。见我沉默不语，冰谷笑着说：

“这叫紫斑风铃草。”

“我哪儿知道花的名字嘛。”

“我也不是很了解呀，但好歹紫斑风铃草还是知道的嘛，这是常识。”

他兜了个圈子说我没常识。我一生气，撇下他兀自走起来。

现在只是没下雨罢了，但天气状况还是多云。灰白的空中挂着朦朦胧胧的太阳。湿气和炎热虽叫人不快，但只要没有直射的阳光，感觉就轻松许多了。至少，比劈头盖脸的大雨要好。不知是不是大家都这么想，公园里简直人头攒动。星期六白天，居然还看到了拖家带口的人。

我注意观察着，公园里有哪些东西可能被当作纵火对象。

冰谷跟在后面，一边走，一边对我说：

“话说，这个月的《船户月报》我看过了。文笔还是一如既往的好，不过写法好像变了呢。”

我头也不回地答道：

“这叫作循序渐进。”

大家对报道的反响经久不衰，来印刷准备室参观的学生也是有增无减。

不过，我也没切实地感受到垃圾箱里的《船户月报》大幅减少。它成了大家的话题，也引起了大家的兴趣。但是怎么说呢，这连续纵火缺少一个华丽的爆点。现在它既没有滚滚黑烟，也不是红莲之炎，缺乏能瞬间打动船高学生心弦的力量。“好期待下个月的《船户月报》啊，这个月的也保存下来吧。”——要让大家产生这种想法，就必须掀起更大的高潮才行。

我的计划是以抓捕犯人这个大事件作为高潮，但是在那之前需要有进一步的措施。而为此我想出的点子是——给犯人起一个惹眼的名字。

“火人这名字感觉有点随便吧？”

说完，我听见身后传来憋笑的声音。

“说是自嘲，倒还透着一股自信呢。”

“算是吧。”

“是暗示……的意思吗？”

我几乎把所有事都告诉了冰谷，包括犯人在遵照《防灾计划》作案。冰谷注意到了，“火人”这名字不单单有“火”的感觉，还兼具了另一层“消防员”的含义。

“我们社的社员要是也能像你这样，能立刻觉察到就好了呢。”

我对这名字算是暗自抱着点自信的。从简单且双关这个角度来说，它无可挑剔。然而，在新闻社里它却遭到了反对。高一的本田等人居然说什么“好土”。在五月的埋伏行动中，离犯人最近却没能发现对方行踪的，就是这位本田。他要是能再有点涵养就好了。

冰谷说：

“但是，确实不算太帅啦。如果是我，则希望能再多一道弯。”

就这么差劲吗？

“还有，我说个名字以外的感想，这报道的风格，或是说写法……算了，就这样吧。”

是啊，那报道都已经是第五篇了，说不定在我自己都没留神的地方已经发生了变化。

或许紫斑风铃草不是野生，而是人工种植在那里的。注意观察就能发现，它们一丛丛地分布着。这么看来，焚烧花坛也是有可能的。

烧毁花朵分明构不成什么太大的危害，但我就是觉得这行为罪孽深重，叫人无法原谅。作为火人的自我标榜岂不是正好吗？虽然我什么根据都没有，不过是突发奇想罢了。

“说来……”

刚才还走在我后面的冰谷，不知什么时候和我并排了。他那张脸说认真也不认真，看上去很悠闲自得。

“什么事啊？”

“要是想引起读者的兴趣，你不是早就有好料了嘛。要捂到什么时候啊？”

“那个吗……”

我很清楚冰谷指的是什么——就是留在现场的痕迹，那个暗号。那是勘察了纵火现场之后，冰谷注意到的特征。

火人放火的现场残留着某种共通的痕迹。在事件现场，必定能找到被破坏的东西。不，笼统地称为“破坏”是有语病的。说得更正确一点，应该是用榔头之类的东西从上往下砸出来的痕迹。

从园艺社社员的叙述来看，最初的事件不仅是割下的草被烧了，还有一把榔头被偷了。我不知道火人所用的是否就是园艺社的所属物，可那家伙在每月第二个星期五纵火时，总会不断用榔头打砸现场的物品。

我把自己收集到的资料都共享给了新闻社社员，包括园艺社社员那句关于榔头被偷的证词。

包括叶前的道路上，那凹陷下去的道路标识。

包括西森的儿童公园里，那被敲断的树枝。

包括小指的资材堆放场里，那水泥墙上的好几个凹痕。

在茜边，依然是行道树遭了殃。多处树皮被剥下，裸露着白生生的树干，看着生疼。

津野的废弃汽车，反光镜被掰断了。

日之出町，塑料材质的巴士站牌被开了一个洞。

华山的自行车停车场里，被烧的助动车旁停着一辆摩托车，其坐垫被撕开，主人怒不可遏。

然后是上之町，禁止入内的牌子上有一道划痕，牌子本身也凹凸不平。

然而，至少到现在为止，没有一个社员注意到这些。

“一开始我以为你是把它们当作王牌，所以一直藏着不拿出来，想等时机到了，配上照片，来一篇《可恶犯人的痕迹！》之类的报道。但，好像并不是这么回事。”

冰谷看上去有点不满。

那是当然的吧。注意到这些痕迹的是冰谷，而不是我。一月，最早和冰谷一起去采访的时候，我拍下了叶前的路标。可是在那之后，是冰谷告诉我，西森和小指也有类似的痕迹。

不过，我并没有把这些写进报道里。

走在闷热的公园里，我暗想“这下糟糕了”。我早该跟这位比谁都可靠的冰谷好好说清楚才对。

不过，亡羊补牢犹未晚矣吧。

“那个啊，恐怕不抓住犯人是写不了的。”

“你的意思是，只会在报道里写由你自己发现的内容？”

“不是啦，不是的。”

冰谷似乎比我想的更在意这件事。我加重语气道：

“我不是在说那种微不足道的自尊心，还有更重要的理由。最初写第一篇和第二篇时，我的确是想把它留作王牌，所以没有提起。但现在不一样，我有我的理由。”

“理由？”

冰谷用眼神催促我。

“我不是说了吗？堂岛学长引退的时候曾说，他最在意的是模仿犯。《船户月报》上如果详细地写出了火人的作案规律，那么只要看过报道，人人都能模仿，区分不出哪个是真的。”

“听你说过啦。他因为没意识到这点，于是对自己的无能感到羞愧，所以就拱手让位了不是吗？”

“那时学长说了，新闻社不能揭晓连续纵火的规律，必须能区别火人和模仿犯。然后，在明确表示掌握了区分法的前提下，声明新闻社正在预测下次作案现场，并试图防止模仿犯的出现。《防灾计划》的规律是新闻社全体社员都已经知道的，而‘榔头的痕迹’则是王牌。”

冰谷稍稍沉默了一会儿，小声说：

“那段表述是这个意思吗？原来如此，也就是说你准备了‘只有真凶才知道的事实’对吧？这招还真妙啊。”

到底是冰谷的反应快——我真心觉得，假如冰谷是新闻社社员那该多靠谱啊。我点点头，说道：

“没错。所以，虽然不能写到报道里，但不代表我瞧不起你的发现。请理解一下我的用意吧。”

听我说完，冰谷把手搭上我的肩，语气比我想的还要沉稳——

“瓜野，你也稍微变了啊。这就是‘立场造就人’吧？很有说服力啊……我也没有不高兴啦。既然你有你的理由，那就听你的吧。”

然后，他抬起手指向公园的一角。

“你看，那边。”

冰谷说的是造在人工丘陵上的凉亭式建筑。四面是草坪，一条小路延伸而上。这建筑物似乎是一个休息场所，里面有好几个人。

我仔细盯着它。现在有人在那里休息，到了深夜应该就空无一人了吧。犯人能神不知鬼不觉地靠近它，而且它还是木造的。

“是哦。看上去很容易烧起来，或许会被盯上。”

我觉得，它有可能会成为火人在六月的目标。不过冰谷苦笑起来：

“你真的是草木皆兵。我不是这个意思。我想说的是，天太热了，我们去那里休息一下吧。”

啊，的确，这湿气真叫人受不了。

“那你直说啊。”

听到我为掩饰尴尬才如此说道，冰谷轻轻地笑了起来。

我们沿着泥土斑驳的坡道往上走。进公园的时候，到处都湿漉漉的。我们这才一边说一边走了不一会儿，好像一切都变干燥了。多云的天空分明也没什么变化，气温居然就上升了那么多吗？

凉亭里坐着像是夫妇的两个中年人。地方很大，还有很多空间。我和冰谷在与那对夫妇有点距离的地方坐了下来。正方形的凉亭有高高的顶棚，没有墙壁，十分通风，有着意想不到的凉爽。我们虽然并排坐着，但我不想浪费这份凉意，于是和冰谷稍微坐开了点。

“感觉这画面很少见啊。”

冰谷说。确实，两个高中男生在公园的亭子里乘凉好像是有点奇怪。不过这天的确太热，因此也不至于难为情。冰谷仰望着顶棚说道：

“话说回来，我有件事必须跟你道歉呢。”

他突然这么说，搞得我一头雾水。

“道歉？为什么？”

“不知道你还记不记得……”

冰谷把视线往下移。

“应该是去年暑假之后吧，你是想报道某个事件的对吧？”

我点点头。我是打算写发生在去年暑假的绑架事件。这么一想，那可是一切的开端。

“我想，你为什么要干这种事呢？然后你说，你想干一件‘大事’对吧？你不想一事无成地就这么毕业了，这样就等于重复了一遍初中三年。现在我可以说了，当时我的想法是：这人怎么这么孩子气呀，简直太滑稽了。”

他微微一笑，接着说：

“我们可没那么闲。光是要把学习搞好，时间一眨眼就过去了。而且，就算追求名声，那也仅限于船户高中。我觉得吧，去追求这么小的名声，本身就够傻的了。

“但自那以后，你成功地扬了名。当上了社长，确实也成了学校里的话题，尽管可能还有所局限。那个事件也逐渐升级，市里到处都开始了自发的巡逻和防灾训练，甚至还上了报纸。”

“是啊，我看到报道了。”

“而且你并不满足，还准备实施下一步的策略。假如这行动成功了，警察是不是都会给你发奖状啊？但跟你比起来，我每周要上六天补习班已经拼上小命了。这么一来，就跟我想的一样，时间转眼就过去了。”

冰谷握紧了拳头。

“其实，对现在的我来说，每月看一次你的报道，真的是一种特别舒畅的放松方式。好痛快呀。怎么说呢，这并不是来自报道本身的，而是一想到你这家伙正在拼命努力，我就心头就会涌起一阵轻松感……所以，我想我必须为那天在心里对你的嘲笑表达歉意。”

说完这一通，冰谷稍微沉默了一会儿，然后有点自嘲地笑着说：

“这些话很奇怪吧。”

“不……倒是我，总是受你的帮助。”

“我也没干什么了不得的事呀。不过是在背后做了一点小动作而已。说起来——”

他像是讨厌沉默似的，接着说：

“是这个月吧，你打算一定要抓住火人？”

“那还用说！”

我点了点头。

但冰谷的表情变得略有点忧郁。

“我不是要给你泼冷水，但这个月怕是有点难吧。”

我皱起眉头。

本月的目标——北浦町，总的来说是一个新兴地域。这个城址公园不算很旧，综合运动场是前年才落成的。反过来说，这个区域不怎么拥挤，亏我还觉得这里应该很利于埋伏才对呢。

“我也觉得没那么简单。不过，要是社员能再多点就好了。”

“我不是那个意思，看来我很容易被人误解啊。”

冰谷苦笑了一下，然后伸出手，穿过没有墙壁的凉亭指向天空。

“从最近两周的天气预报来看，下周的天气相当不好。我有点怀疑，火人会不会冒雨遵守规则实施纵火呢？”

刚刚还多云的天空不知何时暗了下来。我这才发现公园里的人影少了很多，本来在凉亭里的夫妇也不见了。看样子，又要下雨了。

“原来如此。”

他的话也有道理。在我的考虑中，犯人是依靠汽车来移动的，所以即便下雨应该也会出动。但是我也不得不把雨天中止行动这个可能性考虑进去。

而且，叫那些士气低落的新闻社社员冒雨埋伏，怕是没人会去吧。晴天倒还好说……

看着立刻陷入沉思的我，冰谷的口吻充满了怜悯之情。

“尽管我没那意思，但真是泼了好大一盆冷水啊。”

◇

六月十三日，第二个星期五到了。

这已经不是下不下雨的问题了。在论台风季节都为时尚早的六月，没想到一个超强台风靠近了日本，虽不在这边登陆，但整个木良市都被卷入了强风区。上午还算凑合，可下午开始就大雨如注，甚至发布了暴雨洪水警报。

尽管我不觉得连续纵火算什么正常行为，但应该也没有犯人会恪守原则，顶着这种天气坚持作案吧？据说深夜，这边还将升级为暴风区。一到台风天，总有些人为了查看河流状况而死在了外面。但为了出去放火结果死在台风天，这也太搞笑了吧？

我跟新闻社社员们说的是——如果晴天，就去打埋伏。阴天也去，小雨也去。但如果下暴雨那就没什么好说的了。估计这会儿所有人都早早回家了吧，但说不定也会有一两个人待命。保险起见，放学后我打算去一趟印刷准备室。

门没上锁，活动室里有人。如果不是稍微比其他人有点干劲的一畑，可能就是有点学长责任感的五日市。我一边这么想，一边打开了门，低着嗓子说道：

“各位好。”

活动室里的既不是一畑也不是五日市。新闻社里只有男生，但这人不是男生。她坐在椅子上，背对砸满雨点的窗玻璃，微笑着对我说：

“你果然来啦。”

“小佐内……”

“我就知道你会来。”

她换上了白色的夏季校服，只用左手轻巧地拿着翻开的文库书。她把书放到桌上，稍稍歪着脑袋，饶有兴趣地观察着我的表情。

“你怎么进来的？”

我脱口而出这么一句话。小佐内咯咯地笑起来，说道：

“怎么进来？当然是从门进来的。”

“钥匙呢？”

“我去了职员室，说我是新闻社的，老师就借给我了。啊，老师让我传个话：‘有台风，快点结束活动早点回家’。”

小佐内不是新闻社的。可她看上去一点儿也没觉得这谎撒得有什么问题。好吧，她又没干什么坏事，我反应太大也挺难看的。我把书包放在桌上，说：

“是啊，不快点的话就回不去了，雨已经下得很大了。”

“这是暴雨台风呢。风刮得还不算太猛。”

即使如此，雨还是在风的煽动下，一阵又一阵“唰——唰——”地劈下来。这里只有小佐内，说明其他社员果然都已经回家了吧。

“不过今天是十三日星期五，我多少有点担心，还是早点回家比较好。”

“你竟然会在意这种事？”

“什么？”

“十三日星期五是不吉利的‘黑色星期五’什么的。”

小佐内那么热爱蛋糕，从这种少女的趣味来看，她会在意占卜或诅咒也并不奇怪。只是迄今为止，她从没表现出过类似的迹象，稍令我有些意外。小佐内莞尔一笑道：

“是呀。感觉会发生什么不好的事呢。”

接着，她像想起什么似的说：

“啊，说到星期五我想起来了。我看了最近的《船户月报》啦。好拼啊。火人这个名字也是瓜野同学想出来的对吧？”

是我想的，但冰谷对此评价不好，我心里多少有点不舒服。不知小佐内有没有看穿我的这份心情呢？

“我觉得挺好的呢。”

她说。只不过，这仅仅像是鼓励，反过来更让我觉得：难道真的那么差劲吗？火人这个名字，从意思上来说应该挺合适的啊……算了。

“谢谢你看了我的报道。”

但是小佐内在六月一日派发《船户月报》的当天就发了邮件给我，内容好像就是“我看啦。好拼啊”吧。今天她又说了一遍，应该是因为还有别的什么话想说吧？

“然后呢，你想起什么来了？”

我催促道。小佐内带着点担忧的表情说：

“是一件很小的事。真的，就是芝麻绿豆大的事。”

“嗯。”

“报道里出了一个小错。”

大概是她说话时带着特别抱歉的语气，我反而没感受到什么打击。那篇报道写得有点长，出点小错也是难免的吧。我用轻松的口吻问道：

“哪里有问题？”

“嗯。‘十日星期六，纵火犯在高架桥下烧了自行车’那里……其实明明是星期五。”

我是这样写的吗？太细的地方我没法一下子回忆起来。不过确实有这个可能。我一边挠头，一边说：

“回头我去复核一下吧。”

接着我问：

“那你为什么特地选这种日子，在这里等我呢？只是为了告诉我这件事？”

“不是，刚才那个只是偶然想起来罢了。其实呢……”

然后，小佐内吐了吐舌头。

“原本有话要跟你说的，可手机偏偏没电了。最近电池好像不太灵光，所以就没能联系上你。”

“回家后给我发邮件不也……”

“那样也行啦，但比起电话和邮件，我喜欢当面说。因为这样你会比较开心，不是吗？”

她这么一说，我不可能不开心啊。

“我明白了。不过台风天太危险了，早点回家吧。你想说的是什么呢？”

“有三件事。”

小佐内一边说，一边竖起手指，却莫名地只竖起两根手指，也不知她意识到没有。

“但是，其中一件已经无所谓了。如果今晚你要去打埋伏的话，那我就再问问你。”

“不可能了吧，不管怎么看。”

“嗯。”

她点头的样子显得十分遗憾，感觉她很想问那个问题。

“假如我要去，你想问什么呢？”

“啊，嗯。也没什么大不了的。”

小佐内支支吾吾的，同时似乎在偷看我的反应。终于，她小声说：

“我想问，你打算在北浦町的哪里，安排多少人呢？”

我反省了上个月的行动，在本月的人员配置上做了一定的计划安排。因为人手不足，所以我让高一的社员们拜托他们的朋友一起帮忙。但即使准备到这份儿上，还是赢不过天灾。可话说回来——

“你为什么要问这个？”

小佐内愣了一下，说道：

“啊？因为我感兴趣呀。”

我不知道她到底是对什么感兴趣。但她如此追根究底，感觉像是在盘问我。

自从某次放学后，我不小心向小佐内出手以来，面对她，我变得比过去更弱势了。和她交往很开心，所以我没法跟她说“不”。她从不对我提什么要求，因此我也不至于在她面前抬不起头。

“总之，看下次吧，如果天晴的话……那么，第二件事呢？”

“嗯！”

她眼里散发出了不一样的光。开始交往也快一年了，这点我还是看得出来的。这是谈论蛋糕时的小佐内会有的状态。

“其实呢，有家叫‘Telinka Linka’的店，他们的派特别好吃。去年他们关门了，我还以为永远吃不到了……结果，他们在电车站旁边开了一家新店呢。名叫‘Telinka Teika’，连桃子派都有呢。”

果然——我苦笑起来。

“那可太好了。”

“嗯，太好了。然后呢，台风过后，估计明天会放晴。瓜野同学，周末有什么打算吗？”

什么打算都没有。就算有，要是小佐内来约我，那也肯定是优先她的。

“没有啊。但是，不知道会不会真的放晴。放晴的话就去吧。”

小佐内使劲地点了两次头。

一阵猛烈的强风吹来，窗玻璃重重地晃了几下。我们条件反射般一起看向窗户。是我的错觉吗？雨好像更大了。

等摇晃停下来，小佐内说：

“差不多该回家了。”

“是啊。不过，还有第三件事呢？”

“第三件？”

她诧异地重复道。

“一开始你不是说有三件事吗？”

“没有啊……我要说的就两件。啊，不过，我要走了。”

她把手伸进裙子口袋里，摸出一把钥匙。

“这个……对不起，把它还到职员室去吧。今天的值班老师，我不太擅长和他打交道。”

这点小事包在我身上吧。

把钥匙给我后，小佐内看了一眼手机上的时间，站了起来。

“再见啦。明天放晴的话就见面吧！”

她把书包搭在肩上，跑出了印刷准备室。我能理解她急切的心情。接下来的风雨只会强不会弱。尽管不知道小佐内的家在哪里，但她是骑车上学的，应该不近。

我也回家吧——我如此想着，随便环视了一下活动室，立刻就注意到了异样。

桌上有本文库书，是小佐内刚才在看的那本……她急着回家，忘记带走。

“真是的……”

这还挺少见的。虽然我从不觉得小佐内有多可靠，但在我的印象中，她跟遗漏东西或迟到是完全沾不上边的。我今天先带回去，如果明天放晴，就见面的时候给她吧。不对，回家可一路都是大雨，书会弄湿的。要不就放在这里，下周一再还给她好了。

书的封底朝着天花板。我随手翻到正面，发现标题有点奇怪。那是一本看不出是什么内容的小说。从书页间探出头来的白纸是收据吧？

之前也见过小佐内同学用收据当书签。前一段时间也是……这是她的习惯吗？

我真想把那天的事从意识里抹掉。

那张被她称为回忆的收据，我已经扔了。因为光是看见它，我都害臊得不行。小佐内的书里只是夹着一张收据而已，都能让我想起那事来。

我伸手拿起文库书。

内容是不打算看的。我把手指伸进夹了收据的那一页，将它抽了出来。哪怕是现在，我都还羞得甚至想发抖，但我自己也不知道为什么仍要特地去看这玩意儿。这似乎是小佐内买这本书时的收据。价格是税后六百零九日元。她正好付了零钱，没有找零。

这么做仿佛是在偷窥小佐内的生活，简直太低级趣味了。一阵自我厌恶感袭上心头，在正准备把收据放回原处的时候，我发现了一件事。

“啊。”

我甚至叫出声来。

收据上一字不漏地印着购买这本书的店名和时间。我不由自主地用双手攥紧了这张小小的纸片。

狂风席卷着雨滴，再次砸上了窗户。

三界堂书店

北浦店
感谢您的惠顾

6/12（星期四）23:51

售 文库本	￥580（税前）
小计	￥580
税额	￥29
合计	**￥609**
现金	￥609
找零	￥0

4

在收到健吾的邮件前，我都没意识到今天就是“那一天”。

今天像是要领先盛夏一步似的，从一早开始就酷热无比，万里无云。在这要把人煮熟的酷热里，我想起了一件事。木良市内有一家叫“杰夫贝克”的蛋糕店。店很小，店员也谈不上有多热情，不过每到夏天，这家店都会推出特制的“夏洛特”。夏洛特是一种蛋糕的名字，似乎是因为一种帽子而得名。

去年某个异常炎热的日子，我吃了那款夏洛特蛋糕，真的是绝品。我本来也不是特别爱吃甜品，但只有它，让我有了再吃一次的念头。回家路上去那家店买吧——我琢磨着。当我满怀期待地迎来了放学，正收拾东西准备走时，我的手机振动起来，是堂岛健吾发来的邮件，内容是：

“准备就绪。你姑且来一趟，听一下报告。”

一瞬间，我没明白他在说些什么。调出手机里的日历，我这才意识到今天是七月的第二个星期五，连续纵火事件的日子。若《船户月报》的报道正确的话，屈指一算，今天将是第九个作案日。

对于逼出那个被强加了一个土气名字的纵火犯来说，今天是一个重要的日子。出谋划策的是我，所以他们要我到场，我是拒绝不了的。于是，我往健吾的教室走去，心里多少有点不痛快，但也没办法。

健吾的教室里有不少学生还没回家。五月在这里等五日市同学的时候，除了我们，明明一个人都没有。留下的学生们摊着笔记本，或是对着参考书，或是对着问题集，所有人都专心致志。这状况不由分说地提醒着你：中心考试的战场和高三暑假即将到来。

健吾不在自己的座位上，而是在远离其他人的教室一角占据一席，课桌上放着手机。

“现在，新闻社正在开作战会议。结束之后，五日市会和我联络。我跟他说发邮件也行，不过他说能来的话，到时会来一趟。”

健吾一本正经地说道。课桌上有一张复印件，是《船户月报》七月号第八版的原稿复印件。

我看了一眼，嘟囔道：

“好长啊。这报道是不是越写越长了？”

“可不是嘛……”

健吾很不高兴地点点头。

“越来越长了啊。原本那个专栏只是为了填补编辑后记的空档，现在反而砍掉其他报道给它腾地方。”

“这种事很常见吗？”

“不，原则上不会这么干。排版也会乱套的呢。”

即使知道健吾是新闻社原社长，但从他嘴里听到“排版”这种词还是挺滑稽的。

“既然违反了原则，你作为原社长去给点忠告不就好了吗？”

听我口气这么轻佻，健吾一脸不愉快地说道：

“我只是新闻社原社长而已，才不会对现在的社员们做出的决定指手画脚呢。”

他还真是一个优秀的学长啊，然而给专栏增大篇幅恐怕并不是“现在的社员们做出的决定”。十有八九是瓜野同学的专断之举。但不管是哪种，都没必要在意。我的目光落到了报道上。

（七月一日 船户月报 第八版专栏）

各位同学，你们发现了吗？从去年十月开始持续至今的连续纵火事件，我们新闻社执着追踪的那个事件，发生了一个异变。

被我们取名为“火人”的那个犯人，上个月并没有纵火。

当然，从木良市整体的状况来看，还是发生了几起火灾的，其中也有疑似纵火的案件（六月十九日发生在茜边一丁目）。但是通过新闻社的验证，很明显那不是火人作的案，连续纵火中断了。

火人已经停止了他的行动吗？

并非如此。现在正是我们公布一个真相的时候——火人会选在每月第二个星期五深夜到星期六凌晨实施纵火。而事实上，六月十三日到十四日恰好是刮台风的日子。在那场大雨中，火人放弃了作案。

这一个月的中断，会令他改过自新吗？但愿如此。然而本栏认为答案是否定的。恐怕本月的第二个星期五，只要不下大雨，他又将出动。

我们新闻社预测：火人仍会以北浦町为目标。或许，这就是他的准则吧。（瓜野高彦）

“他的准则吗……”

我的喃喃自语中混杂着叹息。

“怎么，你想说，或许应该是‘她’吗？”

在等待联络的这段时间，健吾也是闲得很吧，居然说出这么无聊的话来。不过，大概瓜野同学确实认为:犯人是男人。

我想说的不是这个。

“我不明白他为什么会觉得犯人要继续针对北浦町啊。”

“这个嘛……”

健吾也看向报道。

“假如已经决定了哪个月针对哪个分署的管辖区域，或许会优先按计划执行。北浦分署接下去是——”

“针见分署。健吾，你也在努力开动脑筋嘛。”

健吾很明显生气了。

“这点小事还用动脑筋吗？”

他的言下之意是“我并没有想什么大不了的事”，这种话，你不说也罢啊……

“你别笑啊。”

“我没笑啊。你说得对，‘事先已经定好了计划’这种说法是有可能的。换作我，就会坚持这么做。因为我有我的理由。”

健吾一脸讶异地问道：

“你说理由？”

“嗯。”

我坐进椅子里。

“最早发生纵火的是十月的叶前。然后每过一个月，就按木良市消防分署的管辖区域换一个地方实施纵火。”

健吾的脸和态度比言语更明显地表示出：“都这种时候了还提这个？”真有压迫感啊。上了高三，气场果然还是跟高一时不一样。我忽略他的反应，继续道：

“话说，健吾，你数过木良市有几个消防分署吗？”

这也能通过他的脸和态度就看出答案了。没数过，真是太好懂了。将来，健吾就算误入歧途，至少肯定当不了骗子吧。

“分署一共有十二个。”

“十二个？那就是说……”

“没错。”

我笑着点头。

“正好能花上一年，在所有分署的管辖区域里各放一次火。这么一想，犯人会优先这个因素，而不是日期的规律或分署的顺序，就不算奇怪了吧？”

健吾稍稍探出身体。

“这么说，难道要在针见……”

我不禁皱起了眉头。

“不是‘难道’。纵火的目标是北浦。没问题，这个不会错啦。”

我看了一眼黑板上方的挂钟。虽说已到了白昼变长的季节，但离傍晚还早。操场上，运动社的社员们正沐浴在紫外线下。新闻社那个什么作战会议还要开多久？这事也不是光想就解决得了的，真希望他们能麻利点结束。我不知道“杰夫贝克”什么时候关门，可那款夏洛特蛋糕，去晚了说不定就卖完了。

这回，健吾看穿我分心了。

“你心情似乎不怎么好啊。”

是该说，新闻社原社长的观察力还不懒？还是该说，我也是一个容易喜怒形于色的人呢？不，怎么可能……

“差不多吧。”

“以前说到这些事，你可是口若悬河兴致勃勃的，今天很反常啊。你是对哪里不满意吗？”

健吾说着这番话，露出了像是有一万个不满意的痛苦表情。其实我是因为天太热想早点回去，所以心情不好，可我又觉得说出来未免有些丢人，于是决定编个理由。

“是啊，不满意。有三个吧，不满意的点。”

能有三个吗？

“首先，用邮件就能搞定的事，何必非得在学校里等不可呢？这是其一。”

“还不是因为你完全不联系我啊？早知道你希望用邮件联系，我就这么跟五日市说了。”

好吧，这点确实我也有不对。直到刚才，我都没想起来。

“那么其二。六月下了雨，我很不满。”

我正通过五日市同学布下我的局。

假如犯人在六月纵了火，那么应该就会有一部分罪犯特征自动浮出水面。然后，以此信息为基础缩小包围圈，那么在七月的纵火日当天就能抓住现行犯。最后，八月的暑假我就能专心攻克英语考试了。这是我的计划。

然而，那场雨……

“我觉得今天的作战应该会很顺利。但需要等待一个月也实在是无可奈何。太花时间了，好麻烦啊。”

健吾似乎也有同样的想法。他只是小声嘟囔着，口齿不清地说了一句：

“天灾，没办法。”

不过，最近我的英语成绩稍微稳定了一点，我只是觉得这事太麻烦，倒也不是在为英语而着急。

就这样，我举出了两个不满意的点，也吐了大部分积郁。然而，刚才我说要举出三点来着。比起两个，三个看上去更齐整一些，所以不小心说出了口，现在如何是好呢？

“那么，第三点呢？”

他这么一催，我陷入了沉思。在这次事件中，我不满意的点是……

“等待的态度让我不满。”

健吾的表情突然变得认真起来。

“等待？”

“是的。我想早点结束这无聊的事件。尽管我还不知道它跟小佐内同学到底有什么联系，总之我就是想结束它。但是，我们放任了一次作案。这是下策。为了有报道可写，新闻社并不打算阻止纵火这件事本身，而在这点上，我们跟他们没多大区别。难道就不能想想，用避免火灾的办法来结束这个事件吗？”

我耸了耸肩。

“我就是对这点感到不满呢。”

我还以为健吾会说点什么，可他一言不发。我也没什么想说的，况且本来心情就不好，便也选择了沉默。课桌上的原稿刺眼极了。

要是他不跟我对话，我可有别的活要干了。我从口袋里掏出单词卡，查看起英语的惯用语来。健吾则保持着双手抱胸的姿势，紧闭双眼。

他就不热吗？我想。

就这样过了几分钟，一动不动的健吾缓缓开口：

“有件事，还是先只告诉你吧。”

没想到现在健吾还有秘密要告诉我。我放下单词卡，说道：

“什么事啊？”

说来说去，还是新闻社内部的机密信息吧？只想到这一层的我完全没料到健吾接着会来这么一句。他说：

“警察找我问话了。”

“啊？”

“去年因为石和那件事，我不是认识了一个刑警吗？他打电话给我说要见个面，问我船高正在热传的那个纵火现场的预测是不是真的。”

石和那件事，指的就是夏季限定热带水果芭菲事件。我并未因此认识什么警察，但健吾似乎不同。我没想到是从那时开始的。

尽管健吾在那次事件中是轻伤，但也算是伤害罪的受害者。与我相比，他会跟警察有更深的渊源倒也不奇怪吧。

“然后呢，你是怎么回答的？”

这应该不是健吾第一次语出惊人吧。至少，是隔了相当久一段时间了。我的音调不禁变高，太不像样了。

健吾也不太高兴。他瞥了一眼教室里的其他学生，确定没人注意到我们以后，小声嘀咕起来：

“什么怎么不怎么的，能瞒得住警察吗？我全说啦。连事件是按分署管辖顺序发生的也说了。”

他说是全部，可真相还没完全弄明白。

“所以说，你说了多少？包括这个计划吗？”

“啊，这个没说。毕竟我们还什么都不知道嘛。”

我的心稍微放松了一点。

“然后，我也没提瓜野的名字。”

“你没提的还真多啊。”

“他也没问我啊。我只告诉他‘有这么一个传闻’就结束了。”

那就是说，他也没提“新闻社就是传闻的出处”吗？而且还当着警察的面。

怎么说呢，健吾的刚毅性格果然是高于常人。换作我，应该就说出来了。

“警察接受了你的说法吗？不，应该说，在这之前他们难道没有发现罪犯是按照《防灾计划》的倒序在作案吗？”

“谁知道啊……”

他小声说道，还摇了摇头。

“但对方也没显得很惊讶。如果接受不了我的说法，他还会去问别人吧？他说，仅仅是警察来了就会传出‘这人是不是犯事了’的风言风语，所以他们对于找在校生问话还是比较谨慎的。”

我觉得有点蹊跷。警察局里应该也有专门面向在校高中生的部门吧。调查纵火的难道不是这个部门吗？

“话说回来，发生了这么多起连续纵火，警察也是颜面尽失了吧。”

“他跟我抱怨了。他说，纵火犯只需放完火就一走了之，那火会自己燃烧，所以搜查起来很困难。尤其像这次这些小火灾很难留下证据，除了抓现行也没别的办法。而且，这些火灾造成的损失又不大，上头根本不给安排人手。据说十年前，市里也曾出现过连续纵火。我是不知道这事，你知道吗？”

不巧，我对犯罪史没什么研究。说来，警察居然跟健吾吐苦水？尽管我想说“健吾，真有你的……”，不过示弱应该是套话的一种技巧吧。如果我也在场，说不定会很有意思。

“当时，火灾都集中在犯人自家周边，可即使这样，好像花了快两年也没抓住他。并且最后也不是通过搜查，而是警察偶尔在巡逻时撞上抓住的。”

“是吗？这该说幸运呢，还是该说不幸呢？两年了都没撞上。”

“现在这个事件是覆盖到全市了对吧？好歹作案日具备特征，算是一根救命稻草吧，他说。”

确实，事件都发生在星期五深夜，但这也不代表其他日子就可以放松戒备。

说到这里，健吾突然沉默了。从他那闷闷不乐的表情来看，像是因跟警察接触而产生了愧疚……不，应该不是吧。他开始说这番话之前，顶多是下定决心只告诉我罢了，所以这种愧疚感是针对新闻社的吗？

过了一会儿，健吾用一种沉重的口气问道：

“我说常悟朗，你觉得警察听了我说的‘船高的传闻’，会在北浦町倾注全力吗？”

“应该不会吧。”

“果不其然啊。”

木良市里好歹也分布着不少历史建筑和人口密集地区。不论警察觉得“船高的传闻”有多可信，要是因此在北浦投入全力，结果被罪犯钻了空子，那可就不仅是面子的问题了。

我懂了，健吾不高兴的理由在这里。

“不管怎么说，事情都发展到现在这样了，警察也不得不在星期五深夜加强巡逻了吧。”

“是啊。”

“不管健吾你说了还是没说……”

“是吧。”

“所以我觉得，哪怕今晚新闻社社员被抓去训导了，也不能说是你出卖了学弟们。”

健吾的脸唰地垮了下来。他像是要说什么，结果只“啊啊”了两声。要做一个好学长还真不容易啊。

看着他那张脸，我心里有些犹豫。

其实，还有一件事我大概真该告诉健吾。从刚才的话来看，警察已经有了怀疑的对象。

据说，过去学生指导室的某位老师曾因为新闻社能预测出纵火现场，而怀疑新闻社的人就是纵火犯。具体来说，是怀疑写报道的瓜野同学。

当时的交涉听说十分歇斯底里，但怀疑本身是十分合理的。如果不了解具体情况，只是把《船户月报》和事件经过摆出来，无论谁都会觉得这是写报道的人自导自演的。警察掌握了“船高的传闻”，也就是掌握了《船户月报》对吧？看了那个，没有理由不怀疑瓜野同学。毕竟那专栏十分周到地署了他的大名。

但尽管如此，目前我们还没从五日市同学那里听说瓜野同学是否接受了警察的询问。我对瓜野同学没有直观的了解，不过综合听到的信息来看，假如警察要对他进行询问，恐怕他会兴高采烈地逢人便说。而没有出现这种状况则说明，警察只接触了健吾，没接触瓜野同学吧。不直接接触传闻的源头，其理由是什么？

区区“船高的传闻”罢了，警察根本就没放在眼里？也有这个可能。

可如果不是这样呢？或许警察是想放长线钓大鱼。

火灾不大，难以留下证据，不是现行犯就很难抓住。如果警察真的这么认为，应该会对最有嫌疑的瓜野同学实施监视吧。若是随便接触导致他今后收手不干，事件本身或许会平息，但犯人也抓不着了。

他们该不是要在星期五夜里加强监控，然后找出纵火现场吧？

我是这么想的，但我没有告诉健吾。

告诉了又能怎样呢？一切不过是我的推测，即便真的说中了，我也完全没想过要采取什么行动。

我又开始翻起单词卡。健吾也闭上眼睛，一动不动。

当健吾放在课桌上的手机开始振动时，距离刚才又过了几分钟。他迟钝地伸出手，打开手机靠在耳边。

"喂。"

看来不是邮件，是电话，好像一直是对方在说话，健吾则一言不发。

"明白了。小心点。"

最后，他只说了这一句就挂断了电话。

不用问都知道，是五日市同学打来的电话。作战会议结束，他发来了报告。我还什么都没说，健吾便简短地开口道：

"他说没问题。"

那可太好了。为了听这一句话，我等到了现在。

"你觉得他会上钩吗？要是被发现的话……"

"那就再想下一个对策。单说预案的话，我想了三个。"

我抓起书包站起身。

"那我就回家了，也没什么可干的了。只希望，天佑新闻社社员，能让他们押对现场。"

这么一来，就不用拖到八月了。走，去买夏洛特蛋糕吧。在我转身准备跟健吾告别时，这次换我的手机振动了。

"嗯？"

“怎么了？”

“没事，邮件。谁啊？”

我看了一下发信人——“仲丸同学 手机”，内容很短。

“还在学校的话，来教室。”

作为仲丸同学的邮件，有一个地方很罕见。

她没有用表情文字。

◇

健吾的教室里还有好几个人在埋头苦读，所以我以为我们教室里也会有几个人。

我拉开门。

仲丸同学的波浪卷发垂肩，她背对窗户站着。窗似乎开了小小的一条缝，吹进来的风扬起她夏季校服的裙子。那装出来的笑脸似乎有点僵硬，而且教室里没有其他人。

这情景好像在哪里见过。曾几何时，似曾相识。

啊，我想起来了。这事隔得并没那么久远，难怪我还记得。

去年，在仍然很炎热的九月某天放学后，我被课桌里的一张纸条叫来教室。今天见到的就是和那时相同的画面，连夏季校服、风的大小都差不多。只是，如果我的记忆没出错，天空的颜色是不一样的。那天好像是红得让人不舒服的火烧云吧。今天则非常晴朗，从早上开始就没有一丝云彩，直到现在天空都还是浓郁的蔚蓝色。

“你来啦。”

仲丸同学说完后，把窗户关了起来。我走进教室，也反手把门拉上了。

“一个人都没有啊。E班留了好多人呢。”

“刚才还有的。”

她若无其事地说：

“我让他出去了。”

我心头一喜，觉得仿佛能再现当时那番光景。仲丸同学和人交流起来没什么顾忌，大概还跟对方说“好啦，出去，快出去，我要用一下教室”之类的话吧。她分明也没有任何的优先权，但留下来的人肯定只好苦笑着老实地出去了。有些人的性格就是容易占便宜，我是不行的。

“对不起，突然把你叫来。”

她的声音听上去没什么精神。

“没事啊。是你的话，我随时奉陪。”

我笑着答道。仲丸同学稍稍低下了头，说道：

“小鸠鸠还是老样子啊。”

她怎么了？怎么突然……

不过，因为刚才被健吾看穿了心思，所以我现在确实在留意着别流露出不开心的表情。

她叫我来总该有什么事吧，但说完之前那句话就沉默了。明天就是周末了，是想说去哪里玩吗？或者，问问暑假有什么计划？不过，总是叽叽喳喳的她会说不出这些话吗？那么，除此以外还能说些什么话题呢？

我一边如此想着，一边看着闭口不言的仲丸同学。过了一会儿，她注视着别处问道：

“小鸠鸠，你对我就没什么想说或是想问的？”

“没什么呢。”

我立刻答道。结果仲丸同学叹了一口气，抬起头，好像下定了什么决心似的说：

“真是老样子啊。都快一年了，你完全没有变化。既不会让人心跳加速，也不会让人觉得无聊，永远像这样面带笑容呢。”

我不知道自己有没有笑，但既然她这么说，那就是在笑吧。

仲丸同学静静地摊牌了——

“我从吉口那里听说了。你知道了，对吧？关于我的事。”

吉口？谁啊？听着像仲丸同学的朋友……

我开始回想，跟仲丸同学聊天时有没有出现过吉口这个名字。总在犯傻的是三浦，想当医生的是“头脑特别聪明”的泷。还有……好头疼啊，我对吉口这个名字一点儿印象都没有。那我也别装模作样了，老实问吧——

“吉口是谁来着？”

仲丸同学大概是觉得我是故意装不认识吧，她的眼神十分可怕。

“你不是问了她关于前女友的事吗？E班的吉口呀。”

“啊……”

瞧我这脑子，居然没想起来。这名字要是从健吾嘴里说出来，应该还是能反应过来的，但换成“被偷过包的信息贩子”和仲丸同学，我就没那么容易把她们联系起来了。话说回来，“小鸠打听了他前女友的事”果然成了一条八卦吗？

“照这么说，是有这回事吧。没办法，我是事出有因的嘛。”

不过恐怕仲丸同学压根就不会听那理由吧。这下可讨厌了。

但仲丸同学提出的问题和我想的不一样——

“无所谓啦，你也不用找借口。我的意思是，你也知道我的事了，对吧？”

当时，我得到的信息是“小佐内同学和瓜野同学之间有联系”。本来我只是隐约有这预感，结果消息确凿，这让我制定起方针来也容易了许多。然后……

对啊，我确实听她说了关于仲丸同学的事。

——脚踏两条船，而且有真爱之人。

“她说小鸠鸠已经知道了，从那以后我一直都好在意你会对我怎么样。但是，你一点儿反应都没有。”

“是吗？”

“是呀。那天的事你还记得吗？我战战兢兢的，可小鸠鸠你在意的却是番茄，不是吗？”

她说的番茄，是我用滴水不漏的推理判断出她讨厌番茄的那天发生的事吗？只不过遗憾的是，由于混杂了人心的波动，我的推理失败了。而我不记得那天仲丸同学是战战兢兢的了。果真如此吗？

平时仲丸同学的声音很洪亮，今天则很低沉。但并不是没感情，而像是压抑住了激动的声音。

“一开始我在想，你会不会相信那些话呢？我觉得你是相信我的，因此不会理睬吉口那种人的八卦，所以我心里特别痛苦。如果小鸠鸠相信我的话，那我真是太渣了呀。”

也就是说，吉口同学提供的信息是正确的？不愧是健吾打了保票的人。

“但，不是那样的，对吧？”

好吧，嗯。不是那样的。

“你一点儿都不介意对吧，小鸠鸠？哪怕我脚踏两条船，哪怕我的真爱是别人，你都无所谓，所以你才会一脸平静。”

好热，仲丸同学为什么要关窗呢？

我想自己去开窗，但仲丸同学站在正面堵着我，眼睛直勾勾地看着我。没什么比这更令人动弹不得的场景了。

“在你之前呀……在你之前，我也和这种男生交往过呢，端着一副“他人如何与己无关”的架子。我倒还挺喜欢这种类型的。”

仲丸同学的嘴角微微上扬。

“那些男生在听到我的八卦以后也都不淡定了。要么生气了，要么更体贴了，要么哭了。持续不了很久，大家都是半年左右。”

然后，她就乐在其中了吗？我不由得有点想歪了。

“但是，小鸠鸠一点儿都没变。完全没变……然后呢，我不知不觉地就误以为你是那种超级体贴，肚量超大的人。”

"'误以为'这说法好过分啊。"

她已经听不见我说的话了，只是自言自语着：

"其实并不是，对吧？"

"怎么说呢……"

"并不是。小鸠鸠一点儿没变，这不是因为你相信我，不是因为你肚量大，也不是因为你很体贴。我觉察到了——

"小鸠鸠，你从一开始就什么变化都没有。从去年，像这样在学校碰面，我提出交往开始到现在，一丁点儿都没变。明明都约会那么多次了，明明都一起去过那么多地方了……从最初的那天开始，你那笑嘻嘻的脸就没变过！你看，现在也是！"

她用手指向我。

仲丸同学，随便用手指着别人可不太好。我想有些人可不能原谅被别人这样指着。

虽然我是能原谅的。

不知为什么，仲丸同学冲着我笑了起来。

"我说，小鸠鸠，不管是从玩笑开始还是从惩罚游戏开始，哪怕只是一个形式，但恋爱就是恋爱。体温会上升的呢。我很喜欢这种感觉。可小鸠鸠不是，对吧？"

那不是她常有的轻佻笑脸。

"你是什么意思？一年了，表情从来没变过，到底是怎么回事？我完全搞不懂你。这算是冷淡吗？还是说，你打心底瞧不起人？

"我觉得，我是无法让小鸠鸠理解我的。跟交往的人分手的时候，我多少会有点不甘心。一想到他和我分手后，再跟别人交往时或许会流露出不同的表情，我就觉得好懊恼。但是，现在我不这么想。因为小鸠鸠不管跟谁交往，都绝对不会有变化。你跟前女友也是这种感觉对吧？”

你跑题了，那不一样。

虽然我觉得，这辈子都无法让仲丸同学理解我了。

窗外传来运动社社员们跑步时喊出的口号声，快到放松运动的时间了。

“小鸠鸠，我想你应该已经明白了，我们结束了。”

“嗯，这我好歹还是明白的。”

“所以呀，让我完成最后一个心愿吧，可以吗？”

仲丸同学的眼睛里闪烁着恶作剧的光芒。

“我可以叫你‘常’吗？听上去还挺帅的。”

我微笑着，但当即一口咬定：

“不行。”

仲丸同学也笑了，然后向我走来。在教室正中间擦肩而过时，她扭头对我说：

“拜拜，小鸠鸠。虽然我很渣，但你也一样。”

没错，大概吧。

深夜，时间跨过零点后不久，我收到一封邮件，是健吾发来的。

“作战成功。新闻社行动失败。废屋的门柱被盯上，立刻灭了火。”

我没回复他，而是躺在床上，长长地吁了一口气，然后就进入了梦乡。

我梦见自己在赛河原（**注：在日本的传说中，比父母先死去的孩子将前往的地方，位于三途川的河滩。为了供养父母，孩子们需要不断地用小石头堆成塔**）堆石头。

堆啊堆啊，然后自己推倒。再堆啊堆啊，然后再次推倒……我真怀疑自己到底想不想好好堆。

这究竟是梦，还是在拂晓时分的浅眠中，自己发呆臆想出来的呢？

不论是哪种情况，明早醒来要做的第一件事就是：删除数据——“仲丸同学 手机”。

仲夏之夜

1

暑假的时候，船户高中一般都会开放校舍，主要是为了进行社团活动的学生。也有人过来学习，但人数不多，因为学校没有空调。只要能占到位子，图书馆当然比学校凉快多了。

八月八日，新闻社社员聚集在闷热的校舍里。高一的有一畑、原口、江藤，还有感动于新闻社的奋斗而新加入的棚田和沟渊。

高二的是我和五日市。除此之外，还有社员们发动交友关系而召集到的援军，共七人。这合计十四人的队伍就是今天新闻社的全部兵力，所有人都是男生。

原本宽敞的印刷准备室变得局促，拥挤不堪。塞了十几个人的房间炎热无比，于是大家来到走廊，围成了一个圆圈。

我一言不发。一畑开始发表训词：

“那个——今天正是决战的日子。新闻社在五月和七月都最早发现了纵火现场，但都让犯人逃了。事不过三，谁过谁傻。今天我们一定要抓住纵火犯，结束整个事件。大家加油吧。”

他的语调很中规中矩，声音里却充满了热情。在一旁聆听的社员们也都紧张起来，高涨的士气源源不断地向我逼近。四月入社时还靠不住的高一新生们，如今正慢慢变得可靠起来。

接着，五日市开始说明具体行动：

“不过，说是抓犯人，还是请大家绝对不要勉强。能抓到当然最好，但考虑到犯人可能持有凶器，大家感到有危险的话只要拍照就行了。相机各位都带好了吧？”

大家纷纷点头。不过，新闻社社员里带了数码相机的只有我和原口，其他社员用手机的相机功能作为代替。在援军里，可能有些人连能拍照的手机也没有。事件会发生在深夜，不能打闪光的相机是派不上用场的。一次性相机倒还能行……

但是我并没有把这些话说出来。五日市把地图发给大家，指示哪个人监视哪个地方。我则目不转睛地注视着他的举动。

“还有，警察现在加强了巡逻。我们的行动是为了解决事件，但是他们不一定能接受这个理由。五月，有个社员被警察提醒了，上个月，高一的本田同学也被警察拦下来，狠狠地挨了一顿批。这并非与我们无关。他算是幸运的，可不代表下次还能这么走运。”

本田后来退社了，我没怎么挽留他。

五日市的说明已经说出了行动的危险性。不过事已至此，社员们也不会惧怕这种情况。“哪怕这样也要参与行动”——只有这么想的人留了下来。

稍微能放手给他们干了——我一边想，一边继续保持沉默。

我的沉默是有理由的。

其一，因为我渐渐觉得，社长不该事无巨细地亲自下指示。这张人员配置图是我制作的，但是分发这张图并且进行说明的人，不是我也行。

我并非从一开始就是这么想的。前段时间，五日市对我说：

“琐碎的事务就交给我吧，你专心写报道就好。”

原本，像复印机的使用、纸张的调配，还有给各个教室派发《船户月报》等实际操作性的工作，我基本都交给了高一社员。当然，这是为了让他们记住工作内容。但我也曾想过，莫非五日市误以为我这么做是偷懒不想干杂务？现在，五日市从我这里接手了很多工作，确实帮了大忙。

不过，还有另外一个更重要的理由。

我在思考——这个八月八日，不仅仅是决战的日子。

我一直在思考，这一个月来，我每天都在思考。

对新闻社来说，七月是忙碌的月份。

七月一日，要和往常一样推出《船户月报》七月号。然后，作为高中生，我们需要迎接一个学期的期末考试。接着，要在暑假开始之前的短暂时间里做完八月号，在七月的结业式上派发给大家。即便日程如此紧张，但在这其间我仍在不停地思考。拜它所赐，考试结果惨不忍睹。

——火人究竟是什么人呢？

面对这个问题，我从未积极地去寻找过答案。还在高一的时候，我光是为了把“下一个目标”登到《船户月报》上就已经拼尽了全力。当时，我需要思考的是如何说服堂岛社长，如何应付门地，如何隐瞒学生指导室，根本没想过火人的真实身份会是谁。

升上高二当了社长后，我的最大目标成了拍下火人的纵火现场，可能的话实施抓捕。因为能想到对方会在哪里现身，剩下的就是抓了……思考这些的时候，积极推理火人会是怎样的人也就毫无意义了。

当然，我也不是没有笼统地去考虑过这个问题。

火人选择目标的根据在木良市的《防灾计划》里，因为只有《防灾计划》里提到了跟他实施犯罪的顺序相吻合的分署名称。所以，火人应该是和《防灾计划》关系密切的人，即消防员，或是参与制定防灾计划的市政府职员——我是这么认为的。也正因这个根据，我才起了“火人（消防员）”这个名字。

火人总在深夜行动，而且行动范围很广。关于这一点，我记得我和堂岛学长说过。我认为，从这样的行动范围来考虑，犯人应该是有汽车的。堂岛学长则对此表示怀疑，他说有自行车应该也可以了。

总体来说，我脑中描绘出的是这么一个罪犯形象：他对木良市消防体制感到不满，想对其发起挑战；他太过热情以至于无法忍受现状；为了谴责制度的不完善，他不惜亲自纵火。

但是，我没有证据能一口断言。于是，我丢开预判，重新开始了思考——火人究竟是怎样一个人物，究竟是谁。

这个问题始终萦绕在我脑际。

我感到有人在戳我的手臂，猛地吃了一惊，只听见五日市小声说：

“瓜野。”

十三名战斗力齐刷刷地看着我。为了能在今天抓住火人，大家正等待着我的指示。

只要我一声令下，作战就立即开始。再集合的时刻是夜里十一点，地点是木良市针见町，各自到地图上选定的地方待命、巡查、蹲守连续纵火魔。我只要说一句“解散”，就行了。

到此刻为止，我都没想过要说些什么。但是像这样目睹了他们面临决战时的气势，话语自然而然地就涌了出来。

“叶前发生第一次纵火是在去年的十月。从那以来，一年即将过去。火人在十个月里一共放了九次火。警察也好，消防也好，我们新闻社也好，都没能阻止其纵火。除了唯一那次因大雨而放弃以外，实在非常丢脸。

“但是，这次不同。准备很充分，新闻社社员都已积累了经验，而且还有了这么多帮手。我想，或许大家都感到这个月肯定能成。当然，我也有同感。”

我轻轻舒了一口气。

“最初，在我决定报道这连续纵火事件时，曾遭到过排斥。当时的社长和学长们都强烈反对，表示《船户月报》不是干这种事的地方。但即使如此，在偶然与幸运的帮助下，我总算把它写成了报道。

“我做了社长以后，决定直接追踪犯人。在大家面前我显得胸有成竹，但实际上我也会想，自己能做到吗？一边怀疑，但一边又只能前进。然后，我迎来了今天——”

——但是，到了现在我反而开始怀疑。牵扯上这个事件到底要不要紧？照着学长们说的，平淡地写点往年惯例的报道，不就不会产生这种情绪了吗？

我把这句话吞了下去，现在已经不是慨叹个人感伤的时候了。我能走的，只有“以新闻社社长的身份率领大家”这一条路。

我昂起头，说道：

“这个月就是终结，没有下个月了。因为我已经知道谁是纵火犯了。”

突如其来的宣言引来一阵骚动。有人惊呆了，也有人露出一副好像立刻就要追问“那是谁啊？”的表情。

“要么是今晚我们抓住这家伙，结束事件；要么是明天我们去找那家伙，结束事件，二选一。以及，我相信胜利属于新闻社。就这样，解散。”

然后，我没理睬任何提问，径直走出了船户高中。

毕竟我有个必须去的地方，而且他们很快就会知道了。

2

这真算不上一个舒心的夜晚。

我曾经揭穿过他人的秘密，或是在错综复杂的状况下说中过事实。我沉醉在这份愉悦中。在周围人一头雾水且惊慌失措时，我会轻巧地把真相抛出去。那感觉就好像扔炸弹一般，让我的恶作剧之心和自尊心获得了极大的满足。

我曾经无所不为，或许还遭遇过好几次大多数同年级的学生见所未见、思所未思的事态。

只是，不知算不算机缘巧合，我并没有这种在深夜打埋伏的经验。

从天气预报来看，今晚毫无疑问是个热带夜（**注：日本气象厅用词，**

指最低气温在25摄氏度以上的夜晚）。如果下雨，纵火犯就不会出动，所以我颇注意天气，但是看起来不用担心。我穿了一件凉爽的Polo衫，可仍感到汗水在往外渗。

我确信今晚会是对决之夜。明明早就金盆洗手，不再动脑了，结果我又“重操旧业”了。

这夜晚，真算不上舒心。

健吾打了电话过来。

“晚上好，健吾。防守位抢得顺不顺利呀？”

我故意用了这种说笑的口吻。可健吾并没有顺着我说下去，他的声音里照旧带着一板一眼的感觉：

“我在照你说的做。全部。”

我和健吾在不同的地方待命。我在CD店的停车场，正靠在商店的外墙上。健吾也已经到了针见町。

今晚，船户高中新闻社和其援军应该会浩浩荡荡地进入针见町。根据内应五日市同学的消息，这次共有十四人。不过针见町在整个木良市来说，位置算是相当偏僻的，面积又广。尽管通了新的支线道路，对当地开发有所助益，但总体来说还是一望无际的农田。我再看了一下木良市地图，感到有点吃惊。城市东北侧几乎都被“针见町”这个名字占据了。要用十四人覆盖全域，恐怕有点难吧。

即使这样，新闻社社员们也确实在兜兜转转。要是他们看到了原社长，将会引起不必要的混乱。健吾应该已经藏起来了。

“然后，你有什么事？我觉得时间还早。”

过去的连续纵火都发生在深夜零点前后。现在应该还早……可转念一想，我并不知道现在几点。

“几点来着，现在？”

我正打着电话，看不了手机上的时间，真麻烦。

“九点半。”

健吾好像戴着手表，我也戴个什么备着就好了。

“是还早，所以才打电话给你。”

“哦？是有什么没准备好吗？”

“不，没有。”

好吧，都已经平安来到今晚了，接下去就没什么太难的了。况且还有堂岛健吾这个执行人，计策正奔着成功而去。

“那就好。不过，你还是小心点。因为说不定对方会有刀。”

结果，健吾颇不寻常地带着一丝苦笑的口吻说：

“和你一起行动真的是惊险不断。会小心的，我也不想又被人砍了。”

这么说来，健吾曾被刀子割伤过。那是去年暑假……也就是整整一年前了吗？我和他遛进废弃的体育馆，和恶党们激烈交战。健吾挥舞着铁拳，可对方拿着刀子，结果他被割到，受了伤。尽管是三天就痊愈的轻伤，但出了不少血。

“那时候真对不起啊，把你牵扯进来。”

没想到，他用低沉稳重的声音说道：

“算了，结束后回头看看，也挺有意思的。”

“有意思吗？那时候可是拼了小命呢。”

“是啊，都喘不上气了。”

我没继续说下去。既然今晚的作战都准备就绪了，健吾又为什么要打电话来呢？

“我说常悟朗，今晚是最后一次了对吧？”

“但愿如此吧。”

计划进展虽然顺利，但不知会不会出什么意外。还有嘛，就只能期待健吾的能力了。

但健吾想说似乎并不是这些——

“不，我指的不是纵火犯……我们都高三了，差不多必须开始复习迎考了。”

“我早就开始了。你还真放松啊。”

“我也不可能什么都没干啊。”

我每说一句玩笑话，他都要反驳，真没人比他更值得调戏的了。

“我认真跟你说话呢，别打岔。”

“对不起啦。那你要说什么呢？”

健吾继续用那一板一眼的声音说：

“我在想，今晚也是最后一次和你联手管这种麻烦事了吧。”

“搞什么啊，结果不是想说考试啊？”

“我一直在想，我和你的关系又没那么好。因为我讨厌你的……一举一动嘛。跟我关系好的人，我班里要多少有多少。在新闻社里，我也遇到了很好的学长。学弟嘛，嗯，还行吧。”

我面前走过一群高中生，似乎在彼此争论着什么没脑子的话题，走进了CD店。

“但是不知怎么的，这三年来让我忘不了的事都跟你扯上了关系。明明我们一年都说不上几次话的……到底是怎么回事嘛。”

你问我，我问谁啊？

“我并没指望你改变。这也不合情理。只是，我越来越觉得，从明天开始我就不会再跟你说话了吧。仔细想想，我们就这样参加考试，然后毕业的话，可能一辈子都不会再说话了。所以今晚要是不把话都说出来，我觉得会在肚里积一辈子。”

我呆呆地看着天空。啊，好一轮美丽的月亮啊。

“我说常悟朗，我在想啊，你终究不是一个小市民啊。”

嗯。

是啊。

事到如今说这个干吗？

正因如此，不管堂岛健吾多少次戳中我的心事，每次都令我陷入极度空虚的情绪之中，我也没能彻底和他划清界限，不是吗？不论忘了谁的名字，哪怕手机的通讯录里几乎是空的，但最先浮现脑海的总是堂岛健吾的名字，不是吗？

晚啦，实在太晚啦。又不是雷龙（**注：一种体型巨大的素食恐龙**），你那脑子在得出这个结论上花的时间也太长了吧。

我继续靠在墙上，交叉双腿，换了一只手拿手机。

“我说，今晚应该会发生很多事。”

“常悟朗。”

“给手机省省电吧。紧要关头万一没电，当成谈资来说是挺好笑的，但也挺蠢的。”

“常悟朗！”

“我打算慢悠悠地晃到那个时间。我还有想要的CD呢。回见。”

我把手机从耳边拿开。

就在这时，健吾突然大叫起来：

“常悟朗，火，我看见火了。那家伙动手了！”

哦？

不可否认，这是一次突袭。毕竟前十次都发生在深夜零点左右，所以我以为今晚也还有时间。但再转念一想，是啊，只有八月提前动手，也不算太稀奇。

我重整了一下情绪，小跑着往CD店的停车场赶去，手机一直贴在耳边。

“健吾，犯人呢？”

“我在看，出现了。”

这么黑的夜里，他能看见？

“我去追。”

“拜托了。我也立刻过去。”

“好。但是那个……切，逃跑了！”

我刚听见那紧张的一声，电话就断了。是健吾被发现了，还是单纯因为犯人离开了现场呢？不管哪个，情况都不妙啊。到了这一步还让犯人给溜了，开什么玩笑。既然他能看见，说明问题还不大……我把手机塞进口袋，飞身上了自行车。

我知道，火灾发生在针见町一丁目的针见第一儿童公园附近。路线已经在脑子里了，不用等红绿灯就能到达的最快路线。我骑着自行车也能通行的市内环状线人行道。然后，在路线上唯一一个十字路口甩开后轮漂移着转了一个弯。视野中果真出现了橙色的光。

这种时候，要是有助动车驾照也好啊——我想。如果“这种时候”频繁出现，那确实是挺愁人的，不过进高中以来这大概也就第三次。从接到健吾的联络开始，估计三分钟都不到，我就赶到了现场。

“呜哇。”

我不禁发出了惊呼。

纵火魔的手法基本上是慢慢升级的。烧废弃自行车或巴士站的长椅还构不成什么大问题。但如果一直遵从这升级的规律，罪行就必然会发展到这个田地——

火焰正从民宅上方窜了出来。

不对，我冷静下来仔细看了看。

烧起来的不是民宅。这民宅旁边有个车库，而车库旁边有间小屋。这附近有很多农田，那小屋应该是收纳农具的仓库吧。被点燃的是这个仓库，木造结构是最致命的地方。实际上，正在燃烧的似乎是放在屋檐下的旧报纸堆。

但是，好热，火势非常强。现在这季节的空气并不干燥，可火势蔓延得很快。我已经没法处理旧报纸上的火了。虽然还没烧到墙壁，但这只是时间问题。

仓库如果烧起来，下一步会波及车库。放任下去的话，民宅也要遭殃。家里没人吗？我发现车库里没车。那就是说，出门了吗？

我环视了一下四周。

说起来对这户人家有点不敬，但我不得不认为，这场火灾发生在针见町实在是万幸。这栋房子左右是农田，和邻居家隔了足有五十米。因此，哪怕最坏的情况下，火势也不会从这家扩散到邻居家。

现在，邻居家还没有一个人露脸。谁都没注意到这里失火了吗？要不，大概就是把它当成了篝火。毕竟有不少人会在开阔的地方焚烧家庭垃圾。

我没看到健吾，他去追犯人了。赶得及吗？应该没问题吧，这是堂岛健吾该干的事。

于是，第一个到达现场的我，找不到什么该干的事。

不对，有的。健吾没多余的精力，加上如果这户主人不在，邻居又没注意的话，那么肯定还没有人报警。我拿出手机，稍稍想了想。

火警电话是117吗？

那是报时的。

它很容易和天气预报177混淆。为什么要用这么接近的号码？其中一个换成112之类的不就不容易记错了吗？

说来，火警和急救电话是119。完了，火情近在眼前，任谁都会慌张的。我必须冷静。我吸气，呼气，然后冷静下来，拨通了电话。

“这里是119。是火灾还是急救？”

“火灾。”

“位置在哪里？”

“针见町一丁目，针见第一儿童公园附近。某民宅旁边的仓库烧起来了。”

我一边说，一边在仓库外转来转去。

“你知不知道是否还有人没逃出来？”

“不知道。”

“请说一下你的名字。”

我挂断了电话。

我并不是没有能报出来的名字，只是恰好看到了有意思的东西，情绪有点激动，顺势按下了挂断按钮。

站在道路那一边是看不到仓库后方的，其实那里还有个小屋。

它比狗窝稍微大一点，又比小学里养兔子的小屋要小点。屋顶盖着白铁皮，墙壁是木板做的。高度大约齐腰，门是铁丝网。而问题，出在小屋里。

——里面并排着三个塑料桶。

“哇！”

总之，我先学着美国人的样子表达了吃惊，随后稍微镇定了一点。镇定下来后，我注意到了贴在墙上的纸片，上面用像小朋友那歪歪扭扭的笔迹写着“严禁烟火！不许在这里吸烟”。吸烟的是爸爸，还是爷爷呢？总之我明白了，这里是严禁烟火的。桶里装的可能是柴油。总不会是汽油吧？怎么会放在这里呢？

这下可坏了。

因为现场建筑是按发生火情的仓库，旁边的车库，然后是民宅这个顺序排列的，所以估计火烧不到民宅。在那之前消防能赶上。然而，这里有柴油或是汽油之类需要严禁烟火的东西。要是它们烧起来，加快了火势的蔓延，到时会有什么结果呢？我不是消防员，当然不知道现状到底有多糟糕。但不管怎样，我可是拒绝让它爆炸的。

保护好塑料桶就行，把它们从小屋里搬到远离明火的地方去。火苗似乎转移到了墙上。我注意到手边有什么东西闪了一下，原来是挂在铁丝网门上的锁正发出微弱的光。

"钥匙……"

我期待着会不会忘了上锁，于是伸手扯了扯那锁头。

这家的主人真的非常有防范意识，锁牢牢地闭合着。

这挂锁看起来十分牢固，而且被锁固定住的铁丝网也不是什么便宜货。

估计踢是踢不破的吧？

不过，万物皆可试。我使出全力来了个中段回旋踢。结果瞄错了对象，一脚踢到门上。

一股钝痛穿透了整条腿——好硬。我自言自语了两句，试图整理思路。

"不行，需要工具。"

仓库里说不定有什么好用的东西。但是放着塑料桶的小屋上了锁，仓库莫非会开着吗？我没抱什么期望地想着，但还是绕回了正面。

火舌舔舐着墙壁，屋檐很快就烧焦了。火这种东西会怎么蔓延呢？如果继续往上烧，那么在把仓库屋顶烧塌以前，放塑料桶的小屋或许都是安全的。如果横向蔓延过去，那么哪怕现在就烧起来也不足为奇……还没听见消防车的警笛声。我已经报警了吧？位置也说了吧？应该是没问题的。

我看了看四周，邻居们还没出来。是不是该大喊“失火啦”？不，但是……

仓库正面停着我的自行车，我什么工具都没带。要是骑摩托车来，就能欢呼着“呀吼”耍帅突击铁丝网了。我检查了一下仓库的门，不行，铝制的门也锁得好好的。

就没什么办法了吗？能不能从哪里掉一把钥匙下来呢？我一边扫视，一边绕着仓库走了一圈。与烧起来的地方相对的墙上挂着一把巨大的钉耙。不说锤子吧，好歹给个铁锹嘛，什么都没有。来得及吗？我心想。

绕了一圈后，我回到仓库后面。

在火焰的反光中，站着一个黑色的人影。

那是学校的校服。现在正值盛夏，所以校服是短袖的，藏青色。颜色实在太深，看上去像黑的。胸口扎着红色的蝴蝶结，是短袖的水手服。

那不是船户高中的校服。船户高中的夏季校服是白色的衬衫。这是哪个学校的呢？毕竟我并不精通校服学。市里有什么学校采用的是藏青色的夏季校服吗？

不管这水手服是属于哪个学校的，抑或是不属于任何学校，穿着它的却是船户高中的学生。看上去像初中生，穿着校服的她实在不像小学生。

站在那里的是船户高中的高三学生，小佐内由纪。

火势没有停止，火星开始随风飘舞。

小佐内同学和我面对面，隔着相互触摸不到的距离。没有出声是因为我们都惊呆了，也有可能是因为我们没话可说。我站的地方还算安全，而小佐内同学应该正遭遇热浪的袭击。

她那小小的手里握着一把榔头。这是一把金属部分涂着红漆的大榔头，别说钉子，就是桩子都能捶动。它没有拔钉子的部分，两端都是平整的，显得十分粗鲁。这工具暗示着直截了当的暴力，和小佐内同学一点儿也不相称。

我们对视了一会儿。用确切的时间来说，算是过了几秒呢？

先动的是小佐内同学。她像是看到什么陌生事物一般略微歪着头，露出愣愣的表情。

她重新用双手握紧了榔头，接着移开视线。

然后，她一扭那娇小的身躯，举起了榔头，左脚小小地迈出一步，把仿佛扛在肩上的榔头猛地挥了下去。

仓库熊熊燃烧，火星噼噼啪啪。其中，混杂着钝重的声响。

榔头敲打着放塑料桶小屋的墙壁。挂锁也好，铁丝网也罢，看上去都仿佛无坚不摧，所以她用榔头捶打起木板做的墙壁。

一次不够，她又举起榔头，利用扭转身体产生的力量从斜上方击打下去。一次，又一次……

小佐内同学不停地挥舞着榔头。

终于，墙上开了一个洞，她改变挥动的姿势，加大左脚跨出的幅度，放低榔头行进的轨道，像是敲锣一般击打起来。她脸上已经能感到火焰的炙热了。

伴随着嘎吱嘎吱的声响，放塑料桶的小屋正逐渐被摧毁。

“啊哈……”

看来她干得还挺开心。

她不小心笑了出来，然后像是意识到了自己的笑声，赶紧噘起嘴，但已经迟了。笑意没能藏住。我能明白她的心情。或许我也笑了。

火在烧，榔头在挥舞。她夹紧两腋扭动身体，微微发笑，扬起短发。

宛如梦境。

最后一下，小佐内同学像发起大上段攻击（**注：日本剑道实战进攻技术的一种**）一般高举榔头，以近乎跪地的姿势放低身体沉下击打点，顺利地打穿了墙壁。洞已经开得足够大了。她一只手拿着仿佛粘住了的榔头，另一只手伸进了小屋。

桶里似乎装满了东西。大概她本打算顺势拎出来的，结果被那意料之外的抗拒之力拖住了手臂，自己反倒栽了进去。

她维持着快跪地的姿势，看向我说道：

“好重。”

我苦笑起来：

“我来吧，换人。”

“嗯。”

拿着榔头的小佐内同学站到了一边。我伸手去抓塑料桶的拎手，确实意外的重。把手伸进小洞里会让姿势变得很别扭，使不上劲。脚边的土也很软，分散了脚上发的力。不过，塑料桶终究只是一个塑料桶。我憋了一口气用力一拽，把它甩到了长着杂草的地面上。

小佐内同学立刻跑过来，双手拎起塑料桶，摇摇晃晃地把它搬到了火烧不到的地方，对另一个桶也是同样的待遇。

最后那个桶离洞口有点远。我便跪下来把肩膀也伸进去，总算够着了。我把它拖过来，好不容易拉到了手边。小佐内同学像是在说“来吧，下一个”似的，伸开双手在一旁等待，但这是最后一个了，我便自己拎起来，扔到了远离火灾的地方。

这下就好了。尽管火势仍会继续蔓延，但我们已经干了目前能干的事了。

沐浴在火光下，我和小佐内同学看向了对方。

这时，响起了一声令人颤抖的破裂音。难道小屋里也有什么易燃物吗？我不由得蜷起身子。小佐内同学也以极其敏捷的速度往后跳了几步。

声音虽响，倒也没什么东西飞溅过来。缓解了紧张，我又看了看周围。小佐内同学缩着小小的身体摆出防御的架势，有种奇妙的喜感。

而我的姿势大概也很奇怪。视线相对，我们一同笑了起来。

其实我有很多话可以说，比如“好久不见啊”“真是巧啊”“这是哪里的校服啊”“榔头看起来好重啊”等。但是我还没开口，小佐内同学就嘟囔起来：

“我就觉得，今晚会遇到。”

她这么一说，我也一直觉得，总有一天会遇到她。

“是啊。虽然我没想到会是今晚。”

“是因为堂岛同学？”

“不是啦。”

健吾确实和这连续纵火事件有着很深的关系，但今晚我会在这里并不是因为健吾。

“说起来，你看到健吾了吗？”

“嗯。看到他在跑。”

“那家伙经常都是选择跑呢。他的自行车呢？”

小佐内同学像是对这话题没什么兴趣似的，把丢在地上的榔头捡起来。刚才看着它还挺大的，其实柄很短。

“你有个很好用的东西嘛。是掉在附近的吗？”

“不是。”

小佐内同学摇摇头，把榔头藏到背后。

我都看见了还有什么好藏的。

“我想可能会有这种需要，所以带来了。”

“派上大用场了呢。”

她只是轻轻地点了点头。

火窜上了小屋的屋顶，我们已经无计可施了。见小佐内同学瞟了那火一眼，我姑且告诉她一声：

“我已经报了火警啦。”

“是吗？那我就溜了。”

小佐内同学一转身就要走，我突然想起什么，叫住了她：

“啊，有一件事想问你。”

“什么事？”

我目不转睛地盯着转过身来的小佐内同学。

去年夏天结束以来，我不时会在学校看见她。她和班里的同学有说有笑的时候，快迟到了拼命跑的时候，都见过。但我果然还是觉得，好久不见了啊。

正因为好久不见，才会注意到某些事。

“难道说……”

“嗯。”

“你长高了吗？”

小佐内同学直眨巴眼睛。

然后，她笑了出来：

“嗯，上了一个新台阶。”

“恭喜。喝牛奶了？”

“喝了。”

小屋里大概有什么东西塌了，我听到了重物落地的声音。这次没有吓到我。

“这样啊。话说，你为什么会干这事？”

她到底是不会上钩的——

“小鸠同学，你说了问‘一件事’的。所以呢，我的回答是‘因为喝了牛奶’。”

回过神来时，我听到了警笛声。终于来了，或许连五分钟都不到。此地不宜久留。

“那，回见了。”

我这么说着，小佐内同学也点了点头。于是，盛夏之夜的对话就此结束——我想。

我没有发现。到了最后关头，小佐内同学似乎也没有发现——

不知什么时候起，这里多了一个登场人物。那人穿着印着英文的衬衫和帆布鞋。这打扮看起来很便于行动。不知是不是因为是跑过来的，他一直在喘气。这个男生的年龄和我差不多，虽说没见过，但我觉得我知道他的名字。

小佐内同学似乎知道我会在这里。或许，他的登场也在她的预料之中吧。我把视线移向他时，冲他微微一笑道：

“晚上好，瓜野同学。你还没到十八岁呢，晚上可不能乱跑。”

瓜野高彦——健吾下一任的新闻社社长，对木良市连续纵火事件充满兴趣的高二学生。我知道许多关于他的信息，但见面还是第一次。因为听说他和小佐内同学在交往，我以为他会是一张娃娃脸，看来想错了。

他盯着我的眼神还挺凶的。我佯装不知，把头扭开了。瓜野同学会如何理解我在场这回事呢？他只瞥了一眼就不再看我，随后冲着小佐内同学喊了一句：

“果然吗？亏我一直不愿相信。”

小佐内同学沉默了一会儿，然后笑了。时隔许久的再会，突然看见这样的笑脸，实在是我没想到的。

警笛声越来越近。附近的邻居差不多也要赶过来了吧。应该说，这会儿了还没一个人出来真是一个奇迹。

瓜野同学轻轻呼了一口气，莫名有点伤心地说：

“犯人是你吧？”

3

突然开始逃跑的小佐内，速度快得惊人。

不知是谁报了火警，消防车已经到了。我听到好几声“起火啦”的喊叫，附近的居民正慢慢聚集起来。

很快警察也会来了吧，真是嘈杂的一夜。口袋里的手机不停地振动着。来得较早的新闻社社员和援军们正发来消息。说不定还有人已经被警察盯上了，但我现在无暇顾及。

小佐内穿的衣服是深藏青色的，像是融入夜色一般很难分辨。搞不好，她就是出于这个目的才穿成这样的吧。我以为会跟丢，但总算目击到她逃进公园的那一刻。这是一座用树丛和铁栅栏围起来的公园，我粗略一看，只有一个出入口。在调整呼吸的期间，我瞥见了刻着“针见第一儿童公园”的牌子。

我咽了咽口水，张望了一下这个公园。还没到晚上十点，在这个时间段里，哪怕聚着一群附近的小混混也毫不奇怪，所幸，没看见这类人的影子。

无人的长椅，滑梯，攀登架，伸展着繁茂枝丫的大树，沙坑……大概是没考虑过夜里会有人过来吧，所以这里没有灯。不过今晚天气不错，还出了月亮，街灯也照了进来，似乎不存在两眼一抹黑的问题。我没看到小佐内……不过，毫无疑问她已经在里面了。

又有人打电话过来。我咂了一下舌，关掉了手机。

我深呼吸一口气，走进公园，左右看看，没瞧见会动的东西。我心一横，喊了起来：

“小佐内，你在这里是吧？”

为了防止她趁我不注意逃之夭夭，我警惕着公园的出入口。

“已经结束了。都这会儿了，你别跑了。”

我再喊她也不会出来的吧。只有一一排查背光的地方了。我刚这么想着，小佐内就爽快地从大树的阴影里现身了。她嘴边浮现着笑意，双手交叉在背后。

“怎么了，瓜野同学？结束了什么的，说得这么凄凉。”

这句话里带着浓重的戏弄色彩。我拼命压抑着快要爆炸的冲动。想必小佐内也该知道，事到如今，她已经没有借口可说。那句话只是逞强而已。

两步，三步，我靠近小佐内。我背对着出入口，在离她还有几步的地方停了下来。

“我看见了，都结束了。”

“你误会了。刚才那个男生，我只是路过时遇到的。”

“我不是说这个！”

完了，声音控制不住地变得粗暴起来——我用力咬紧了牙关。

“我不是说这个。你应该明白的吧？”

小佐内的态度没有丝毫的动摇：

“什么？你在说什么事？”

非要我来说吗？那就别怪我了——

“是你放的火。”

我咬牙切齿地说：

“从去年十月开始的连续纵火事件，都是你干的。”

“为什么，这么想？”

她的声音变了，变得低沉了。不仅如此，好像还带着一种让人毛骨悚然的回声。我怎么可能被这些东西压倒。到了这个地步，小佐内是不可能逃得掉的。我狠狠地盯着她说：

“那你为什么会在那里？你在干吗？”

“我正在散步，然后发现了火灾。任谁都会过去看看的，就跟飞蛾一样。”

“散步？你家在桧町吧？逗我玩儿呢？”

黑夜中，小佐内扑哧一笑：

“你知道啦？我告诉过你吗？嗯，有可能说过。”

桧町在木良市的南端。到位于东北的这里得横穿整个木良市，骑车都要花上几十分钟。散步什么的，连借口都算不上。

“我家在最南边。是呢，对散步来说是远了点吧。可你也没看见不是吗？”

“不，我……”

“瓜野同学，你只看到我在火灾现场附近。对吧？”

确实，我没有亲眼看到她放火。这是我的失败之处。然而，我看到了更有决定性的一幕。

我刚想开口，却被小佐内抢占了先机：

“我发现火灾后跑了过去，和碰巧在那里的男生一起采取了灭火行动。忍耐着炎热，我尽力了。可你却说我去放火……”

光线太暗，我看不太清楚，但感觉小佐内的腮帮子鼓了起来。

“真是看错我了呢。”

一瞬间，我的心头涌起一股罪恶感。我咬紧嘴唇抑制着这股情绪。你以为靠这种谎言就能蒙混过关吗？

“你的意思是，发现火灾也是巧合吗？我还没问你为什么会在针见町呢。而且，你穿的这身衣服也够奇怪的啊。”

“是呀。”

小佐内稍稍歪了下脑袋，明显陷入了思考。

“我伯伯家就在这附近。放暑假了，所以我过来玩。这衣服是问我堂姐亚纪借的。好看吗？”

“什么好看不好看，根本就是你现编的吧！”

又有警笛声从公园前的道路上呼啸而过，大概是去增援的消防车。火，还没扑灭吧。

警笛声的干扰打断了我们的对话。等那躁动消失在远处，小佐内维持着手放背后的姿势，耸了耸肩说：

“别这么生气嘛，会吓到我的。”

然后，她交叉双腿。

“那你说给我听听，为什么你会觉得我是可怕的纵火魔呢？”

是让我从头说起吗？

夜还不深，时间很充足，我有很多很多想说的话。而且，像这样跟小佐内对话，恐怕也是最后一次了。

“明白了。那我就说了。”

我是什么时候开始怀疑小佐内的呢？我还记得那个明显感到蹊跷的契机。

“五月，发生纵火的那天，你也在现场对吧？”

“五月？那很早啦。我都忘了。”

那不可能。

“那天夜里，我和新闻社社员们埋伏在上之町。在我觉得事件快发生的时候，你给我打了电话。你说，担心我会感冒，对吧？接到这个电话我很开心。因为那天确实很冷，而且只在同一条路线上巡查也非常无聊，我都有点烦了。

“你其实是记得的吧？当时我正沿着支路走，旁边有卡车开过时什么都听不见。然后，你那边也传来了巨大的响声。”

那不是车开过的响声，而是更有节奏的噪音。

“当然，我一听就明白了。那是铁路的声音，你在铁路旁边。电车通过时噪音巨大，什么话都说不了，然后电话就断了。而五月的现场是在高架桥下的空地。不是公路，而是铁路的高架桥。”

“是呢。”

我和她有身高差。就算平常对话，我也会觉得她像在仰视我。

“我想起来了。那天呢，我在小仓站。肯定是新干线太吵了吧。”

小佐内始终在胡说。不过——

“是啊，就算你在铁路附近，也无法断定就在高架桥下。铁路很长，我也没那么傻。我真正觉得奇怪的，是你说五月的事件发生在星期五的那个时候。”

六月那个台风天，因为小佐内这么说了，所以我记得那天是十三日星期五。她为了不让我太受打击，所以小心翼翼地指出了《船户月报》上的瑕疵。因为记忆模糊，当时我什么也没说出来。但是——

“报纸的地方版上，是作为星期六的事件登出来的。因为报道不是基于火灾发生的时间，而是基于报警时间写的。以及，《船户月报》写的也是星期六发生的事件。因为本田告诉我起火的时候，已经过了零点。”

在起火之前，小佐内还没打电话来的时候，我曾用手机发过邮件。发信时间已经在零点以后了。因此，五月的纵火毫无疑问是发生在星期六。

“那个时间确实很微妙。过了零点立刻发生了火灾，但还没到零点三十分。可是，的确超过零点了。所以我在报道上写的是星期六。没有任何人对此表示否定。但只有你说：‘明明是星期五’。”

从容的神色第一次从小佐内脸上消失了。至少看上去是这样的。

我继续追击：

“这连续纵火会发生在每月第二个星期五的深夜。我们只是为了方便，才会把跨到星期六的也当成‘星期五’，但在新闻社里大家都明白这回事。所以如果有新闻社社员不小心弄错了，还能说得通。可是你和我们的情况不同。

“我本来想，会不会是我曾经在什么时候跟你提起过，可就算这样也很奇怪。因为你好像非常清楚五月的纵火就是发生在星期五一样，不是吗？当然，这是你的误解。但为什么会误解呢？”

灭火仍在继续，似乎还聚了一群围观的人。我能听到远处传来的喧闹声。小佐内微笑着，然后自嘲一般嘀咕了两句，不过我听不见。

“误解的理由只有一个——时钟。你是不戴手表的对吧？总是看手机的时间。方便是方便，但那天夜里用不了。因为事发前你给我打了电话，而那次通话把电用完了。”

由于铁路的噪音，我们暂停了通话。再次听到声音时，是小佐内的那句“没电了”。

“即使发出没电的警告，手机也不会立马就用不了。但是那天，你挂断电话以后，把电源也关了对吧？”

“这个你说对了。”

至此一直在顾左右而言他的小佐内爽快地承认了。

“因为电池没电，所以就关机了。我知道电池不行了，早知道就该去修一下。”

“那，你是承认了？”

“关机这件事我承认啦。继续说，瓜野同学。我有点小兴奋了。”

她看起来明明不像在逞强，可口吻却带着十足的逞强感。

小佐内暂时用不上手机，失去了知晓时间的手段。而在那之后的情况，我也很清楚。

“那时你看了看周围。时钟这种东西满大街都是。实际上，那天晚上你也很快就找到了吧？纵火现场的高架桥附近有一条支线道路，在修整得像公园的十字路口中间竖着一根白色的柱子。上头也装了一个钟。你看的就是那个。”

“那个钟慢了吗？”

“不——”

我加重了语气。

“那个钟坏了。从十一点四十七分开始，指针就不动了。要是没人修过，现在应该仍旧是十一点四十七分……事件发生的当时，真正的时间和坏掉的时钟所指的时间，碰巧相差二十分钟左右。但没注意到钟不准，这也不能怪你。”

“小仓站的钟也坏了呢。”

“就算在其他地方看到了坏掉的时钟，也不会和事件发生的时间弄混。正是因为在那个瞬间，你看到了那个钟，才会认为那时是星期五。

当时你就在那里。”

有那么一瞬，我们瞪着对方的视线重合了。

“好厉害啊，瓜野同学。没想到你竟然注意到了这一点。但是，不止这点对吧？再多说一些。”

当然不止这点，这只不过是我开始怀疑她的契机罢了。

早知道会和小佐内对峙，我就该带上文件夹。那个装了连续纵火事件所有资料和证据的文件夹。

“因为这连续纵火事件，市内各处都展开了巡逻。可还是没能抓住犯人。这也有运气的成分吧。但是，犯人并非只凭运气，他肯定也在踩点上花了不少时间吧。去下一个现场选择目标，怎么移动，怎么逃跑，犯人应该思考过这些最起码的对策。也就是说，如果只是毫无意义地在下一个现场转来转去，那光凭这点就足以怀疑他是犯人了。”

“哪怕是散步？”

“六月的十三日到十四日之间，北浦应该会出现纵火事件。但因为下大雨，结果什么也没发生。雨是从那之前就接连下了好几天的。

“在这种雨天，而且是预定犯罪日的前一天，能从木良市的南端跑去北端的人……谁都不会相信他只是为了散步。”

小佐内像是在显摆自己的从容似的，打了个小哈欠，说道：

“你的意思是，我干了这种事？”

或许她是觉得我没证据吧？然而，这实在是太小看我了。

“你干了。你冒雨去了北浦。至少快到零点时，你都还在那里。大概是在回去的时候，你拐去书店买了一本文库书。”

“关于什么的书？”

“我没兴趣。但价格是税后六百零九日元。”

她咯咯地笑起来：

“真的好厉害，就跟你看见了似的。”

“没看见我也知道啊，只要有收据。”

“收据？”

小佐内的声音里第一次混杂了不安的颤动。没错，收据。我好好地保存着那件物品，还复印了一份。内容我也记得——

“六月十二日星期四，二十三点五十一分，在三界堂书店北浦店，买了税后六百零九日元的文库书的收据。你觉得我是在哪里发现的？”

“我记得可没那么清楚。”

她虽这么说，但显得很心不在焉。而且，她一边说，还一边尴尬地垂下了视线。凭直觉就能明白了。我当即斥责道：

“你说谎。”

“好过分。”

“因为，就是在那天后面啊——六月十三日星期五。雨下得实在太大，新闻社中止了埋伏行动。放学后，我去活动室看看有没有人，而你在那里。小佐内，那时你忘了带走的文库书里，就夹着那张收据。”

在深夜里我也能清晰地看见，有一个瞬间，小佐内咬了咬下唇。

我对小佐内发起猛攻，体味着这新鲜感带来的奇妙心情。和小佐内开始交往以来，绝大部分场合都是我在掌握主动权。因为除了蛋糕，小佐内完全不会表达自己的见解。

但就算如此，一种未能把控全局的感觉总是在我心中挥之不去。从来都很坦率的她，在最后的最后却狡猾地避我于千里之外——我心底的某个角落时常存在这种焦虑。

然而今晚，是我把小佐内逼上了绝路。一想到这里，心头就涌起一股振奋感，但我自己并未感到意外。

“通过这张收据可以知道，你在台风袭来的星期四去了预定的纵火现场。你刚才说今晚去亲戚家玩是吧？那么六月的借口又是什么？散步吗？”

小佐内用微微颤抖的声音说道：

“你继续。”

“我在问你。”

“等一下我会把想说的总结起来一起说的。所以你先继续。”

她低垂着眼睛，小小的肩膀轻轻地颤抖着。不过，我并没有手下留情的打算……这是对欺骗了我将近一年的小佐内所产生的愤怒吗？

“行，那我继续。知道了你五月在纵火现场，六月去踩了点，我重新对你进行了思考：从去年九月我开始和你交往起，有没有碰上什么觉得奇怪的事。最初我甚至想过，你是不是为了从我这里套出信息才来接近我的。因为只要在我身边，你就能知道新闻社的动向嘛。但很高兴的是，这不可能。”

跟小佐内提出交往的，是我。最初在放学后的图书室里跟独自一人的小佐内搭话时是九月。那天，在她带我去的咖啡馆里，我对她说：“和我交往吧。”回想起来，那真是很久以前的事了。

我开始追踪连续纵火事件是在一月。以五日市想写慈善义卖的报道为契机,《船户月报》可以刊登校外报道了。对于我的时来运转，小佐内应该也是挺高兴的。

而连续纵火是从十月开始的。

“只是，我还记得最早把连续纵火事件写成报道时的状况。我对那篇报道很有自信，认为会让船户高中的所有人都大吃一惊。但是，大家的反应很冷淡。尤其是你，完全是一副爱理不理的样子。

“报道成为大家的话题，是从三月开始的。连续两个月都说中了事件现场，也清楚地表明此事并非偶然。这事在我班里传得很快，但学生指导室也有人横插了一脚。那时我真觉得要完了。要是没有堂岛学长巧妙帮忙，我想也不会有现在的新闻社。”

我都忘了那个学生指导室的老师叫什么名字了。据说他的个人生活不顺利，所以情绪不稳定，因此全盘否定了我的报道。我已经做好了恐怕会写不了的心理准备，是冰谷鼓励了这样的我。然后——

“我想起来了。是你，告诉我关于那个老师会调动的事。你给我看了他的调动报道。还记得吗？在那家和风的店里。”

“是‘樱庵’对吧？不管怎么说,我都要推荐他们家的冰激凌双拼。”

说起甜品的话题，小佐内看起来总是很开心。

今晚，哪怕在这种状况下，小佐内提到冰激凌时的声音也好像无比雀跃。我略有点伤感。

“真的吗？但是,你那天说的话相当耐人寻味。你到底想说什么呢？我躺被窝里的时候都还在思考这个问题。所以我记得，你大概已经忘了吧？你是这么说的：‘什么都不干才是最好的。’”

一想到这里，当时那句话甚至还在耳边回响。“别再淘气了。我觉得什么都不干才是最好的。”我究竟哪里是在“淘气”？为什么小佐内要说，什么都不干才是最好的？

当时，我找不到答案。我只是隐约觉得，小佐内并不认为我去追踪连续纵火事件是一件好事吧。但，那是为什么？

“接着到了四月。在编辑会议上，堂岛学长决定引退。我成了社长，这么一来新闻社就能全力追踪这个事件了。那天……”

这次轮到我欲言又止了。我试图拥抱小佐内的那天，确实谈不上有多绅士。

但是，现在的重点在于，当时她也表示了反对。

“那天，你又提到了‘什么都不干才是最好的’这句话。我问了你理由。然后，你胡乱说了一通，简直莫名其妙。”

小佐内是这么说的：“我是一个小市民。然后呢，我喜欢小市民。”

这绝对是撒谎！

“回忆起这一幕，我终于意识到，你反对我追踪这个事件的理由完全是不明不白的。只是，我明白，再继续调查下去，对你是不合适的。接着，五月和六月你采取了奇怪的行动。于是，我便不再困惑了。”

我用丹田发力，说道：

“你以为我什么都不知道，所以用散步和亲戚来信口开河对吧？今晚，我可一直都在跟踪你！”

新闻社社员和援军共计十三人，在防范着深夜的针见町。

我则采取了其他行动。根据至此听到的内容和检索电话本，我查到了小佐内住的公寓，并打下了埋伏。如果这行动是源于对小佐内的挂念，那就只是单纯的跟踪狂。但我要干的是伏击纵火魔，所以基本没有罪恶感。

出乎意料的是，傍晚时分便早早的有了动静。小佐内走出公寓，把一个大大的运动包放进篮子，骑上自行车出发了。

我已经知道这个时间点，因此我的推理是正确的。小佐内身上穿着的像是其他学校的水手服，而不是船户高中的。从她变装那一刻起就表示，这显然不是普通的外出。

出了桧町，她一直往北，往北。穿过电车站前的闹市区，上了市内的环市路，小佐内的自行车不停地往前跑。我维持着勉强能看见的距离，跟在她后面。我不会说我不曾心存祈祷——别去那里，让我证明是自己误会了吧……我这么想着，然而小佐内的自行车跑进了针见町……然后，由于一瞬间的疏忽，我跟丢了。

事件的发生远远早于我们的预测。作为新闻社社长，其实我应该警告社员们才对:犯人已进入针见町,事件有可能比预想的发生得更早,给我提前警戒起来。

我没这么做，是因为跟丢了小佐内，变得焦虑了。

或许还因为，我觉得应该由我和小佐内两个人来终结这个事件。

小佐内的手仍然背在身后。

“这个事件的犯人——火人，一直随身带着榔头。这榔头恐怕是在最初的事件——十月的纵火现场偷的。犯人用它对着现场的墙壁或牌子猛锤一气，留下了痕迹。这是只有我才知道的王牌。为了防备模仿犯，这是我没写进报道的杀手锏。可是我问你，那个运动包里装的是什么？刚才，在燃烧的小屋旁，你手里拿的又是什么？”

这是最后一击。或许这是我出生以来第一次用手指着别人。

“小佐内，把手放到前面来！”

小佐内意外地顺从。她知道我已经看见了，所以再遮遮掩掩也毫无意义了。

她右手里握着的，当然就是那红色的榔头。

远处好像还在持续着灭火行动，嘈杂声始终没平息下来。

凑热闹的人影来来往往，但是没有一个人注意到在公园的树下对峙的我们。

我明明应该已经赢了，明明已经如愿亲自查明并抓获了追踪至今的连续纵火犯，但从我口中流露出的却是叹息。

小佐内低着头，肩膀在发抖。这么一看她真的很娇小。为什么我会对这么一个娇小的女生抱有怪异的客气感呢？在事态发展到这一步之前，应该有很多事能做才对啊……但一切都晚了。这一系列纵火没有造成人员伤亡，我只求至少能对她从轻发落了。

“扑通”的一声钝响。小佐内把一直握在手里的榔头扔了出来。它的打击部位两头都是平的，是专门用来锤东西的。看起来也没那么轻，可她为什么走到哪里都要带着它呢？而在问这个之前，说起来……我想问的问题实在太多。但现在，还是等小佐内的肩膀停止颤抖再说。

丢了榔头，小佐内空出了手，她将一只手搭在嘴边，另一只手伸进了口袋。她的声音也有些颤抖，轻得几乎听不见。

“对不起，瓜野同学，稍微等一等。我很快就会平静下来的。”

她从口袋里掏出来的，是一个小小的盒子。

我借着月光看见了——

那是巧克力。

小佐内没有理会发呆的我，掰下一块放进嘴里。然后她抬起眼睛，稍有些害羞地说：

“你知道的，我傍晚就从家里出来了，还没吃饭呢。甜品能垫垫肚子。”

她这状态是叫爽朗吗？她似乎冷静下来了。罪行被揭发，她反而松了一口气——我倒也看得出有这么点端倪。

果真如此吗？

“呼。”

小佐内轻轻地吐了一口气，伸手叉腰。

“嗯……我并不讨厌说话直白的男生。那我从哪里说起比较好呢？”

首先我想问的是这个问题：

“为什么要干这种事，把你的理由告诉我。”

但是小佐内摇了摇头，说：

“这是秘密。”

“对警察你也……”

“嗯，要不这样吧，从那本文库书说起。”

小佐内丝毫不理会我的话，自顾自轻轻地点了点头。一种异样感在我心头扩散开来。

“我呢，对某本书很期待。它出了文库版，我觉得特别有意思。前一卷在一个非常妙的地方结束了，我就想快点看看后续……刚才你明确表示对这本书没兴趣，所以我就不说内容啦。但是它的发售日，瓜野同学你大概会感兴趣吧？是六月十三日。”

是吗？我明白这怪异之处了。

都到这份儿上了，小佐内还是丝毫不打算认罪的样子，真是的。

她一边观察着我的脸色，一边继续说道：

“书店会在发售日的前一天或是前两天进货，所以我就在等着。然后，那时候不是下雨吗？我可不推荐雨天去书店呢，而且更不推荐骑车去。就算硬是去了，你也不知道进货没有，哪怕真的进了货，期待已久的书弄得湿漉漉的也很讨厌呀。但特地打电话去问，也有点麻烦不是吗？

“所以呢，我就拜托了一个瞒着学校在书店打工的朋友。我说要是进货了，请代我买一本。然后对方说，星期四进货了。结果，星期五我就在学校拿到啦。当然，人家垫付的钱我也还了。真不愧是在书店打工的人，为了不让水轻易弄湿书，我朋友还用塑料套包了起来。还真守规矩啊，特地连收据都塞进去了。”

小佐内并没有得意扬扬的神色，只是淡然地述说着：

“所以呢，你看，六月的那天，我没有去北浦町。”

太愚蠢了，这种借口。

“谁会相信啊？这是现编的吧？”

“对不起啦。说来伯伯家玩的确是骗人的。因为刚才说了那种谎，所以现在你不相信我了？”

小佐内将视线往上移，歪着脑袋。

“所以我决定从这里开始说嘛。因为我觉得你肯定会相信我的。如果你希望的话，我可以给那个朋友打电话。随便你怎么问都行。而且我可以给你看我发给朋友的邮件。还有发信时间呢，这个更好一点吧？”

她一边说，一边从口袋里掏出了手机。

真的吗？

“不，哪怕六月不是我说的那样，其他也……”

“你不用确认吗？”

小佐内微微歪着头。比起这种查一下立刻就知道真假的东西，有些话我可是不说不行：

“五月你在现场，那可是事实。而且，这榔头也是。”

“那接下来，我来对它做一下解释。”

她用脚尖戳了戳丢在脚边的榔头。

“这榔头不是去年十月船高园艺社被偷的那个，而是上个月我在‘全景岛’买的。”

我遭到了双重意义上的冲击。

第一，当然是小佐内的榔头购于最近这回事。第二，是小佐内居然知道园艺社被偷了榔头。

这难道不是兜着圈子在招供？

“偷了园艺社榔头的是……”

“我想是纵火犯吧，但具体不清楚。因为我所知道的都是道听途说来的。”

“道听途说？听谁说的？应该只有我知道才对。”

小佐内眯起了眼睛。

“瓜野同学，从刚才开始你就有点太大意了。为什么说只有你才知道呢？这事，犯人也知道，受害者也知道啊。”

“那是另一回事。不，正因为你是犯人才会知道。”

“这不能当成另一回事吧？不过，算了。其实我并不是道听途说的，而且就算除去犯人和受害者，应该还是有人知道的。”

我脑海里浮现的是，冰谷优人。然而，冰谷和小佐内之间应该没什么联系。那么，是园艺社的里村？

耳边传来了轻轻的叹息声。

“瓜野同学，你很努力地做了调查。调查结果都收在文件夹里了对吧？那仔细看过文件的人，当然会和瓜野同学知道得一样多。为什么就如此轻视新闻社其他社员的理解能力呢？你就没想过，他们也有自己的思考和展开的调查吗？”

就凭五日市，就凭那些直到现在还是算盘珠——拨一拨才动一下的高一学生？

“那些人对此只字未提。”

“因为你是社长啊，没法让大家把心里想的都说出来。要是真能这样，那该有多轻松啊……我会知道榔头的事也是因为看了那个文件夹。

你们就随手放在印刷准备室里，不是吗？钥匙能轻易地从职员室借到，可让我看到了不少内容呢。上面没有直接写‘犯人在现场用了榔头’。但是，证词和现场照片的收集方式足以让我明白，至少瓜野同学是这么认为的。”

我想起来了，六月那个大雨天。不知为何，小佐内会在印刷准备室里。

她再次轻轻地把地上的榔头踢开。

“然后呢，如果你真的理解了自己总结出来的东西，那么刚才在烧起来的小屋旁碰到我时，你居然还没有立刻意识到问题所在，这就很匪夷所思了。我拿着的并不是被偷的榔头。假设迄今为止犯人都是用同一把榔头在现场留下了痕迹，那就不会是我这一把。

“但是你居然把我拿着榔头这回事作为揭发我的证据。我都不知该怎么办好了。”

“是啊，我是觉得有点奇怪。”

我脱口而出。但刚说完，我就暗想“不好”，可惜已经迟了。我这是死要面子。小佐内大概已经注意到了，只见她温柔地微笑着说：

“嗯，就是呀。刚才你的确是慌慌张张的，大概看漏了一些细节。但是现在你明白了吧？这把榔头没有拔钉子的那一头。”

小佐内正用鞋尖戳着那把榔头，它确实没有拔钉子的部分。

园艺社社员对榔头的形状做过什么描述吗？我或许记录过证词。但这是快一年前的事，我都忘了。

“园艺社是为了拆除广告牌才带着榔头去的。资料上写的是:把木板拆开堆到了一起。不可能是用榔头把它们砸碎吧？园艺社当然是把广告牌从地里拔出来后，卸了钉子分解开来，才收拾掉的啦。再说，园艺社的里村同学一开始就没提过榔头。如果资料没写错，她说被偷的是钉锤才对吧？把它改成榔头的是你，瓜野同学。为什么呢？这样看上去比较帅吗？

“而且，在安静的夜里，没几个地方能容忍别人‘梆梆梆’地敲榔头啊。在住宅区这种有一点动静就可能引人围观的地方，应该有不少‘痕迹’是用拔钉子的那部分刀锋似的结构留下的。”

我都记得——被剥下树皮的行道树，被割开的摩托车坐垫，留着斜向伤痕的“禁止入内”金属牌。

确实，有几处痕迹并不是钝器造成的。

“当然，犯人或许带了榔头以外的工具。我觉得存在这种可能性。‘犯人每次都会带着最初纵火时获得的战利品实施作案’这种想法，嗯——感觉挺浪漫的。但不管怎样，别因为我带着这榔头，就说我很可疑。”

但是——

对了，或许这确实和园艺社被偷的那把榔头不一样。但今晚小佐内带着榔头来到针见町可是事实。光是这一点就很不寻常了。

“那你是为了什么要带着它呢？既然你说你不是纵火犯，那来这里干吗？”

小佐内仍然保持着微笑，就好像……在愉悦地看着惹麻烦的孩子似的。

“啊，瓜野同学，你再好好想想！我曾出现在五月的现场。这点你说中了。如你所见，八月我也在现场。什么样的人会这么做？除了犯人，我知道还会有人这么做。瓜野同学应该也知道吧？”

五月和八月都在纵火现场的人。

这我还是明白的。

“那是我和新闻社的其他人。”

为了抓住纵火魔写出报道，我在街头四处跑动。而小佐内同样也在到处跑的理由是——

为什么，要做这种事。这根本不可能。

“你也在……追踪纵火魔？”

“你终于明白啦，瓜野同学。”

小佐内流露出无上的柔情。

“回答正确。”

一阵凉风倏地吹过。

“好舒服的一阵风呢。”

小佐内把挂到耳际的头发捋上去，望着风吹来的方向。

在月光下，我注视着小佐内。她眯起眼睛，手指的动作很轻柔，连视线也像在暗送秋波。接近深藏青色的陌生水手服，还有掉在脚边的红色榔头……

尽管状况完全不同，但这就是我最初见到的小佐内。不知哪天，在印刷准备室里，跟堂岛学长耳语的娇媚女生。我对那毫不搭调的容貌、表情和动作产生了兴趣，向小佐内提出了交往的要求。

从那以来，小佐内一直是一个无懈可击但也十分普通的女生。所以我才忘了感到异样的那个时刻，对，就是我成为新闻社社长的那天。我想强行拥抱她，她却闪身逃开，然后笑了。那时的小佐内立刻就转身回家了。

今晚，她却站在原地不动。

她的视线移回来了。我怕她又要说些什么，不由得开了口：

“那不可能。如果是那样，你没必要遮遮掩掩的……一句话也好，你应该会告诉我的。”

这话让小佐内的表情阴郁起来。

“别说得这么伤感。”

“什么……”

“瓜野同学，你选择的是什么？不是他人的言辞或诚意，而是只相信看似正确的事实和揭露秘密所在吗？面对经过推理得出的结论，说什么‘那不可能’‘你应该会告诉我的’，实在太好笑了。你应该能想到几十个我什么都不说的理由才是啊？”

我完全不记得自己做了选择。我只是想抓住纵火犯。但是，这会……导致现在的状况吗？

“我是没打算说啦。但今晚是最后一次的话，我就告诉你好了——我一直在你背后帮你。”

“你……帮我？”

“比如说，对了，我拜托过堂岛同学很多事。还有，我看到有人对慈善义卖的宣传很烦恼，就告诉他可以去拜托五日市同学。然后，五日市同学就利用校报做了宣传对吧？”

我记得五日市在编辑会议上提出做专栏时，社长的首肯之轻易简直令人扫兴……当时我确实觉得不可思议。

“那是……”

“你觉得像是天上掉馅饼？我没打算告诉你，这可是真话。因为这样会伤害你的自尊心呀。”

这种话，小佐内说得特别干脆。

“因为你说你想自由地写报道，所以我就在暗地里帮忙了。但是你成了社长以后，就提出要亲自抓纵火魔。我阻止过你，对吧？我给过你忠告……但是，你没听我的。”

那天的情景恐怕我这辈子都忘不了吧。我相信自己能做到。那不过是四个月前发生的事。

“而且，你完全不明白自己到底处于怎样危险的境地。在校报上写‘那里会发生火灾’，就真的会发生。哪天警察叔叔过来跟你说‘到警察局走一趟’，都丝毫不奇怪。迄今为止还相安无事，说明要么是警察叔叔们没有认真调查这个连续纵火事件，不然，他们动起真格来，你不觉得他们就是在等着你露出马脚吗？”

小佐内缓缓抬手指着离我们最近的一棵树。

“就算这棵树后面埋伏着一个坏蛋，我也一点儿都不觉得惊讶。”

我没能抬眼去看那棵树。大概是因为我明白，小佐内说得没错。

“为了这样的瓜野同学，我想着或许还有什么能做的，于是也展开了调查。而你竟然如此完美地误解了我，还说要去揭发我。

“你好像记得我劝你放弃追查的理由吧？我说了因为我喜欢小市民。但是准确地说，稍微又有点差别。因为我觉得，如果瓜野同学打算自己抓犯人，那肯定是你认识到自己不过是一个小市民而导致的结果呀。”

“我是……小市民？”

听到我鹦鹉学舌似的嗫嚅，小佐内微微歪了歪脑袋。

“要我说啊，你还不够聪明，又少了点狡猾。调动他人的手法能再高明点就好了呢。还需要一点猜疑心。刚才我说那个大雨天拜托朋友帮我买了书，你没验证这话的真假对吧？那种时候啊，哪怕你觉得不会有错，我认为还是验证一下比较好呢。

“你的行动力算是及格了吧。就算不抱期待，事先观察现场的态度也是很重要的。效率嘛，再稍微加把劲吧。花了十个月，你也没能把嫌疑人的数量从一百万排除到一个足够低的值。

“当然，我觉得瓜野同学也有很厉害的地方。你是觉得，为了能亲手抓住纵火魔，哪怕出现受害者也无所谓，对吧？管他是谁放的火呢，对吧？我觉得，这种自私自利很适合那些爱揭秘的人。只是，总分嘛，嗯——”

夜风吹得我背脊发冷。

“不过，我不会说我很失望。”

回过神来时，我发现小佐内在笑。

“因为我早就知道，会是这种结果呀。”

我曾经一直都在期望她能这样冲我笑，用那仿佛面前摆着蛋糕时的灿烂笑容。

小佐内没有再说下去。

我也知道这意味着什么。我让她打心底里失望了，今晚的对话就此结束。而且就跟我最开始想的一样，今晚恐怕是最后一次了吧。

我的脚底像是被粘住似的举步维艰，向着公园出口踏出的每一步都沉重得难以置信。本想好歹要走得昂首挺胸，但我大概只是拖着身体在移动，脑袋里嗡嗡作响。

今后会怎样呢？

至少，必须告诉社员们今晚的行动结束了。这算结束了吗？我好不容易才意识到，并非如此。如果指认出纵火魔，那的确可以算结束了。而我，只不过是在和小佐内对话。

我只是扭过头去，却看不见小佐内的身影。我做不到把整个身体转过去面对她，于是梗着脖子问：

“那……纵火魔到底是什么样的人呢？”

视野之外，小佐内爽快地答道：

“就我所看到的影子，是跟我们差不多年纪的。我想应该是男生。”

然后，耳中传来了她的笑声。

“大概现在已经被抓住了。因为狐狸先生在到处转悠嘛。”

我听不懂她在说些什么。

现在会听不懂，是不是也因为我是小市民呢？

4

居然说什么到处转悠，这话真不好听。

在瓜野同学离开之前，我一直尴尬地站在他们身旁的大树后，缩手缩脚地靠在树干上。虽然只是相隔了几米，但只要不出声，隐蔽性居然出乎意料的好。中途一度有邮件进来，我的手机响了一下，但果然还是没人发现。当小佐内同学提到“那棵树后”的时候，我还真有点慌，大概是存在主观臆断吧，即使如此，瓜野同学依然没有觉察到我躲在那里。

我心中不停地重复着“好了吗”（**注：日本儿童玩捉迷藏时，捉人者问大家躲好了没有时的固定说法**）。毕竟，他们的对话正往意料之外的危险方向发展。我要是这时候恬不知耻地露脸，小佐内同学和瓜野同学还在眉目传情的话，那就尴尬了。这可不是一句“哎呀，失礼了，接下来两位年轻人单独谈谈吧”就能打发的。

我不知在心里喊了几遍“好了吗”，才终于有了回应。

“小鸠同学，已经好了。”

我还是稍微保持着警惕，从大树后走了出来。瓜野同学已经不见了，背对着我的小佐内同学果然还是很娇小。我朝着她的背影说：

“狐狸什么的好过分呀，瓜野同学听不懂的。说实话，连我都没立刻反应过来那是在说自己。”

“听不懂就听不懂嘛，真是。”

小佐内同学仍然背对着我。

“话说，怎么样了？”

“解决啦，健吾搞定了。”

刚才的邮件是健吾发来的：“抓住了。路过的人报了警。”要是健吾自己抓住了犯人的话，我还担心他会不会碍于情面把对方放走。虽然我觉得那也无所谓……不过，最后的最后，犯人似乎没那么走运。

“刚才，我还听见了混在消防车警笛声里的警车警笛声。你注意到了吗？”

“没有。我刚刚说话都费劲呢。”

啊，也是啦。

“犯人应该会被他们带走吧。”

“嗯……这在小鸠同学的推理之中吗？”

如果我高一，此刻会给出否定的回答。因为我曾立志成为小市民，发誓决不干揭人秘密的事。

如果我高二，此刻会给出肯定的回答。因为我无法否认自己的意志已有所松懈，举止也挺粗心大意。

而现在，我这样回答：

“我只是帮了点忙。这是大家的力量呀！”

小佐内同学缓缓地转过身，笑了，是那种勉强自己应付无聊玩笑时露出的干巴巴的笑容。

我抬头看着夜空，刚才还能见到的火焰颜色已经散去。警笛声也销声匿迹，不知什么时候起，周围恢复了夏夜独有的静谧。

小佐内同学问道：

“那么纵火魔是谁呢？”

她的话语中透着一股兴味索然之感，就跟礼貌性地询问享受地度过了周末的友人“昨天的演唱会怎么样”是一个调。我苦笑着说道：

“是谁啊……我还不知道。健吾似乎匆匆忙忙的，邮件也只说了一半。反正达到预想结果了。”

“包围圈缩得很小嘛。”

“差不多收拢到四十人。再往下就是信息贩子的功劳了吧。”

“告诉我，小鸠同学，你干了些什么？”

我瞥了她一眼。

总有一天，我会把这次事件的全部经过说出来吧——我曾这么想过。我既没想过要保密，也没那个必要。不过，我总觉得这些内容是放学后在校园或是哪里闲话家常时的谈资。而听者，肯定是活泼的同班同学。

我从没想过要在此时此地告诉小佐内同学。我们都一年没好好说过话了，上来就聊纵火魔算什么啊？况且小佐内同学看上去也并不是很想知道。我抓了抓脸，说：

“反正，回头再说吧。站着说也不像样，今晚又发生了那么多事，该回家了。”

“快说。”

她的话语带着意料之外的强势。

“求你了，我想在今晚结束一切。”

这样啊。你都求我了，那我就没辙了。

好歹找一条长椅坐坐吧，可这公园里的椅子都是腊肠狗的形状——舌头懒散地拖在嘴巴外头，让人实在坐不下去。那就站着说吧。

我想想啊，从哪里开始说好呢？

“我说就是啦。那么小佐内同学，你知道多少呢？”

“什么都不知道。”

恐怕不是真的吧，不过算了，如果要从最前面开始说，我已经想好切入点了：

“那我就长话短说。今年二月，我家附近发生了纵火。烧掉的是被丢弃在河滩地的一辆奶油色轻型客货两用车。我去凑热闹看了看，发现这辆车我见过。于是，我去问了一下健吾，原来烧掉的车是北条同学的……你还记得吗？北条同学。去年夏天绑架你的那个团伙里的其中一人。”

“啊？”

小佐内同学像是被打了个措手不及，提高了声音说：

“是从那时开始的吗？”

“啊，你果然还是知道的嘛。”

我对这连续纵火没什么太大的兴趣。去年的小佐内同学好像误以为我是那种会被谜团吸引的飞蛾。但即便是我，也不可能觉得世间万物都那么有意思。就算纵火持续下去，我也顶多只会皱皱眉，说句“真不太平啊”罢了。

如果那辆烧起来的车不是北条同学的，恐怕我也就不会跟这事牵扯上了吧。

在那之后，不管怎么查，我也丝毫没发现这事和北条同学有关系，而除此之外的原因却层出不穷。我迅速地抛弃了连续纵火与去年的绑架有关的猜想。我很难不去考虑它是否真的是偶然，但我也不会蠢到永远揪着偶然背后的可能性不放。

“总之，因为那车是垃圾，所以被人盯上了，似乎和拥有者无关呢。”

小佐内同学点点头，说道：

“那时我也吃了一惊。不过也只是吃惊而已，有种‘原来还有这回事啊’的感觉。”

为什么是那辆车，姑且是有理由的。

北条同学当时十六七岁，因此是偷偷开了父母的车出来的吧。或许从去年的事件以来，那辆车就一直被丢在那里了。不仅风吹雨打，车里也一团糟。

这种破败的状态招来了那些见不得人的家伙。

“然后，我稍微有了点兴趣，跟健吾提起这事后，就听他说到了你介入新闻社的事。”

“介入……”

“先别管健吾用了什么说法吧，反正我从他那里得到了资料和信息。听他说了追踪连续纵火的新闻社社员名叫瓜野，瓜野同学认为事件和本市的《防灾计划》有关之类的事情。我还是觉得有点怪。纵火犯居然会有意识地按着消防分署的管辖来作案，仿佛有点牵强。可事实又跟它相符。既然光是道听途说会觉得很蹊跷，我就去图书馆亲眼看了一下……结果我笑啦。”

回想起当时的情景，我真的苦笑了出来。

“七年前还不存在小指分署。五年前到去年的《防灾计划》里，根本就没写分署的管辖区域。如果遵照瓜野同学的说法，那么纵火犯参考的《防灾计划》就限定在六年前发行的那本上了。

“原本已经很牵强了，现在还加上了这一重限定。这么一来，还是放弃‘《防灾计划》论’比较好。不如说，我认为这都能算是自我实现的预言了吧。”

面对小佐内同学，想必是不用补充说明的，但我暂且还是换了一种说法。

“我觉得——纵火犯是看了《船户月报》的报道来决定下一个犯罪现场的吧。”

我偷看了一下小佐内同学的表情。而她只是沉默地听着。她早就猜到了吗？至少，没看出来她受到了什么冲击。

我接着说：

“然而，‘自我实现预言’这说法也是有问题的。最初的纵火发生在十月，第一次在《船户月报》上刊登报道是二月。二月一日报道出来，大约十天后纵火就跟报道预测的那样发生了……这么一来，从十月到一月的这四次纵火要怎么解释呢？在这里，从健吾那里听到的消息就发挥了很大的作用。”

我记不清他具体是怎么说的了，只记得说的是瓜野同学的奋斗史。他好像很努力地去调查了十月到一月的这四次事件是否存在共通点。

然后，当他注意到了“分署管辖”这个关键词，便开始从头排查消防分署的列表。他大概是查了电话本、防灾地图和《市民生活方便手册》之类的东西，也就是后来我用来支撑证据的那些资料。

“瓜野同学去找了纵火现场的共通点，并且找到了，很不幸地找到了。当时我还不认识瓜野同学，但是我觉得这位学弟恐怕没意识到举出这共通点后出现的陷阱吧。”

只要努力去找，就有可能找出符合预想的资料。那个瞬间，对这预想正确与否的疑虑便会烟消云散。

小佐内同学轻轻地点了点头。对于瓜野同学的性格，她心里是有数的吧。

我说道：

“只要总数足够小，就能轻易地发现共通点。例如桃子、臭橙、菠萝，立刻就能概括出‘它们都在树上结果’这个共通点。”

“菠萝可不是结在树上的……”

这不重要。

“总之，说得难听点，不管什么状况都能扯到一块儿。事实上，叶前、西森、小指、茜边这四起纵火，根本没什么预先准备好的共通点。可是，他把共通点制造出来了。所谓的寻找共通点，指的就是这回事。瓜野同学从来没怀疑过这会不会是自己生拉硬扯出来的。

“不，或许他也怀疑过。但是，基于这个假设写成报道后，事件便成真了。瓜野同学应该是觉得，他的假设得到了事实的支持吧。”

我可以帮瓜野同学开脱一下。

假如《船户月报》从最初的事件就开始了预言，那么他应该也会怀疑犯人是不是照着《船户月报》在作案吧。而且，假如事件发生的次数更多一点，比如需要他从十次事件中找出共通点，那么共通点就会变得更细微，而他或许也会发现自己是在强行牵连了。

相对容易地找到了共通点，提出假设后事实也证明了。这双重心理陷阱蒙蔽了他的眼睛。

实际上，我并没有帮他开脱，我又不认识他。

“知道问题出在新闻社后，我有点头疼。如果跟健吾商量，应该能停掉《船户月报》的专栏。只是，犯罪会就此停止吗？

“二月以后，纵火犯根据《船户月报》不断实施犯罪。但即使如此，他可是从十月就开始作案了。就算停掉专栏，事件恐怕还是会继续下去。那么……”

还是放长线钓大鱼比较好。

“于是，我稍微布了一个局，拉拢了一个社员。小佐内同学认识吗？一个叫五日市的同学。我请他帮了忙。健吾到底是受学弟的仰慕啊，是他帮我说服了五日市同学呢。”

“是吗？”

小佐内同学低语道：

“四月以前，都是门地同学给我提供信息的。小鸠同学竟然也安插了内应……我真没注意。”

为什么她看上去有点不甘心呢？而且说什么内应，这也太难听了吧，只是一个内部合作者而已。

“我从五日市同学那里打听了一下新闻社里的气氛，尤其是瓜野同学的工作状态。结果他说，瓜野同学把力量全部倾注到了连续纵火上，很多基本工作都不干了。比如给报道排版、找错别字、印刷几百份报纸、早早到校派发给每个学生，这类不起眼的工作……”

听五日市同学这么说时，我想：真遗憾，瓜野同学的声望怕是赢不了健吾了吧。但我也是喜欢把这类枯燥的工作甩给别人的人，实在没资格说他就是了。

“于是，我就制定了作战方案——引蛇出洞。我替换了《船户月报》的内容，偷偷地在专栏部分加了点字。六月号，在预测犯罪现场的那篇小题大做的文章的最后，我指定了更具体的地点，并且准备了好几种不同的报纸。”

说出来之后，我才意识到，这个方案给五日市同学带来了巨大的工作量。不过，整个流程进行得还挺顺利，估计健吾也悄悄地搭了把手吧。

“六月号，每个班级的内容是不一样的。比如，高二A班的是某十字路口附近会发生纵火，高二B班的是某历史遗迹附近，高二C班的是某公园附近。设下这个局以后，如果发生了纵火，当即就能确定犯人是哪个班的。当然，发给高一学生的报纸就没动这个小手脚。纵火是去年开始发生的，所以犯人应该是去年就在船高的学生。”

我的声音变得有些低沉。

“其实，我是想一次就解决的呢。写成‘下次现场位于某町的某咖啡馆’，然后埋伏在那个咖啡馆附近。这么一来，埋伏一次就能抓到。

但是，船高有一千多学生，就算去掉高一，也有大约六百六十人。对这么庞大的嫌疑人集团不做任何筛选而选择直接伏击，到底还是不放心。我需要切切实实能让犯人掉进圈套的信息。”

在六月号确定掉进圈套的犯人所在的班级，七月号引蛇出洞直打七寸——我是这么计划的。也就是说，六月发生的纵火，在我看来是无可避免的。对于这一点，我自己实在是不太满意。

亏我还早就当作已经说服了自己呢，不知如今有没有从表情中流露出不满来呢？

小佐内同学轻轻地说：

“我觉得这也是无可奈何的。毕竟防止灾害和防止犯罪原本就不是小鸠同学的工作，别背上什么责任包袱。”

不是出于责任。或许，是对没能制定出更完善的作战方案而产生的不满……不过——

“谢谢。”

对此，小佐内同学面无表情地点了点头。

实际上，六月并没有发生火情——大雨阻止了纵火。然而，一切也没有因此发生变化，只不过是把计划推迟了一个月罢了。瓜野同学在七月号上写“纵火犯仍会以北浦町为目标”，所以犯人就在北浦町纵火了。

“这么一来，犯人就中了圈套。七月，纵火发生在北浦町的太子堂附近。校报上写了‘纵火犯将瞄准北浦町太子堂附近’的，是高二G班。由此可知，犯人就在高二G班。”

“所以就把包围圈缩小到四十人了，是吧？”

严格来说，还包括了从这四十名嫌疑人那里获取信息的校外人员，即能在家里看到《船户月报》的他们的家庭成员。

不过，瓜野同学的奋斗是如此徒劳，每月的《船户月报》都难逃被塞进垃圾箱的命运。从连续纵火事件尚未成为话题的二月号开始，就有学生一期不落地带回去给家人看——我觉得，即便不能忽视这种人的存在，但抠得未免也太细了。

“然后，就是考虑高二G班有没有跟瓜野高彦关系特别好的人。有些同学对校内的人际关系特别了解，因此就拜托对方帮我调查了一下。”

小佐内同学温柔地盘问了我省略的部分：

“为什么要找和瓜野同学关系亲密的人？”

“啊……”

我抓了抓脸。

“理由很简单。瓜野同学基于十月到一月的四起事件建立了‘《防灾计划》论’，然后将它发表在了二月的《船户月报》上。结果发表后，当月的事件就印证了瓜野的假设。

“在二月那时，应该还没几个人关注《船户月报》。毕竟每月的派发日，垃圾箱都塞满了报纸嘛。然而，犯人却迅速地参考了《船户月报》。

“我也想过会不会是偶然。不过最有可能的是，纵火犯在一月就已知道瓜野的假设了。这样的话，纵火犯就是能从瓜野同学那里听到很多内幕的人。”

“我懂了。”

小佐内同学说话的语气始终很平静。

“我也明白为什么小鸠同学刚才要跳过那个节点了。”

她果真是懂了呢。或者应该说，真不愧是小佐内同学？

没错。正因为有了这一点，我直到后来都无法排除小佐内同学是纵火犯的可能性。我无法立刻忘记北条同学的车在二月被烧的事实，这让我有点不知所措。“纵火不是小佐内同学的手段，但是……”——这就是我的纠结之处。

给各班派发内容不同的报道这个作战方案，事实上，请瓜野同学来帮忙是最有效的。正因为我们没这么做，才必须让五日市同学背着他，偷偷地制作好几种《船户月报》。虽然花了不少工夫，但既然怀疑瓜野同学和犯人存在个人关系，那就有必要执行这个安全对策。

况且，如果认为对方是小佐内同学，那就更要慎重了。

瞒着瓜野同学，除了确保安全以外没有其他用意，所以假如他中途发现此事并暴跳如雷，还能让健吾去跟他解释。从人际关系上来说确实有点尴尬，但对作战没有影响。

然而，他直到最后都没发现。如果他帮忙派发报纸，应该立刻就能发现才对。

我不觉得怀疑小佐内同学这件事本身有什么错。在信息还未收集齐全的时候，这也是情有可原的。其实我甚至想过，不排除学生指导室的老师和堂岛健吾有纵火的可能。

行吧，我只是觉得，已经澄清的疑点就没必要再提了。于是，我清了清嗓子，继续说道：

“然后，调查结果出来了。高二G班确实有一个人，是瓜野同学的朋友，高一时他们同班。作为最有嫌疑的对象，我们在给G班派发的《船户月报》八月号上又布下了一次圈套。报道上写的是：八月纵火犯会盯上针见町第一儿童公园附近。也就是这座公园。”

说完，我伸开双臂。针见第一儿童公园里只能听见些微虫鸣。铁栅栏和树丛很高，视野不佳。很难说这里是一个绝好的监视场所，但适合埋伏。

“我让健吾在这里埋伏。”

小佐内同学若有所思地看了看我。

我知道她想说什么：为什么我自己不在这里埋伏？

因为感觉会有蚊子嘛。

夜更深一点的话，我是打算躲在别处的。只是作案时间比预想的要早，我没来得及罢了——我暗自找了个借口。

不知小佐内同学有没有看出我的这种纠结，她问起了另一个问题：

“那么，虽然问不问意义也不大，不过我还是想知道嫌疑人的名字是？”

“是啊，虽然说不说意义也不大，不过我可以告诉你，对方是冰谷优人同学。”

小佐内同学好像的确不认识他。听到这个连续纵火十次的嫌疑人名字，她的反应也不过是：

“哦。”

夜风轻轻抚过脸颊。

耳边传来烦人的嗡嗡声，我和小佐内之间有小虫在飞来飞去。我下意识地张开双手，对着小虫拍上去。本以为打到了，但嗡嗡声没停止，显得我只不过是伸手击了个掌而已。

小佐内同学的视线动了起来。她一直面向我，用眼睛追着小虫，然后她忽地一伸手臂，以直冲天际的姿势在空中一握。把拳头紧紧地捏了几秒后，她摊开手掌。

嗡嗡声响起。小佐内同学的视线开始游离。

“让它跑了。”

“你就放过它吧。”

说不定坠入地狱后，释迦牟尼还会从天堂垂下一根丝来救它呢。

小佐内同学盯着自己的手看了一会儿，然后就像放弃一般垂下手臂，说：

“干得漂亮啊，小鸠同学。”

小虫不知飞去了何方。

“没能打到啊。”

“嗯，我也没。不过我不是说小虫。”

我知道的。

“刚才在火灾现场遇到你的时候，我多少已经预料到了——就像小鸠同学已经抓住了纵火魔一样。我知道，处理这种可能存在成千上万个嫌疑人的事件，并不是小鸠同学最拿手的。可就算这样，我也觉得你肯定能抓住他。这是为什么呢？”

“这个嘛，我可不知道。”

“我就这么相信你吗？”

我低声回了一句：

“既花了不少时间，又造成了损失，这次行动真不值得称赞。”

“你知道吗？这连续纵火还挺有话题性的呢。像电车站前或老旧住宅区那种一发生火灾就可能酿成大祸的地方，已经有人建立了自卫团队之类的组织。警察叔叔也加大了巡逻力度。报纸上说，有的地区还进行了临时防灾训练。小鸠同学分明只是一个高中生而已，却解决了这么大的事件。”

整件事被这样再次提起，我不禁心底发毛。

从很早以前开始，我就觉得犯人在关注着《船户月报》。因此对我来说，这连续纵火更像是船户高中的校内事件。

当然，事实并非如此。木良市内各地都发生了火灾，纵火也是重罪。

“推理很棒，实践也很棒。”

我稍稍皱了皱眉。

在我看来，这种说法就像是“好事者”之类的词一样。确实，最初我并不怎么上心，但从拉拢五日市同学开始，我就乐在其中了。想起要重新审视那些麻烦的资料，我并不觉得苦，犯人完全掉进圈套暴露真实身份的时候，我也是止不住地笑，甚至睡不着。

我从没想过自己的举动会为公共福利作出什么贡献。我只是在享受这个过程。小佐内同学明知这一点，却故意用了那种捉弄人的说法。

另一方面，我也对某件事深信不疑。

“那么小佐内同学，事实上，你知道多少呢？”

“我？”

“知道你跟这事件有牵扯时，我最初想的是：这到底是对谁进行的何种报复呢？我确信，如果小佐内同学有所行动，那肯定是为了做出什么反击。”

小佐内同学鼓起了腮帮子，这多半是故意的。

“好过分。”

“对不起。”

“就跟刚才说的一样啊。我什么都不知道。尽管无法像你那样用清晰的语言表达出来，但我也认为，纵火魔肯定知道新闻社的作战行动，然后将计就计。所以，我就瞄准新闻社覆盖不到的地方打了埋伏。上个月，我发现了类似纵火魔的人。虽然离得太远没能抓住他，但我想应该就是那个人吧。我能做到的，顶多就是这些了。”

我沉默了。小佐内同学是一个谎话连篇的女生。我很难相信仅此而已。

她也意识到了我的怀疑。于是，刻意提高声音，换了一个话题：

“小鸠同学，你跟女朋友怎么了？”

面对这突如其来的提问，我感到莫名其妙。

“仲丸同学啊！”

她这么一说，我才终于想起来。嗯，有许多美好的回忆。我笑道：

“分手了。应该说，是恶狠狠地被甩了吧。仲丸同学有别的真爱男友，我虽然知道这件事，但是还一如往常，结果她觉得我根本不配做人，大发雷霆了。”

“啊，嗯，确实有点不配做人。”

真的吗……

小佐内同学把手交叉在背后，轻轻地踢了踢地面。

“今晚，我也算分手了吗？”

“是啊。”

被体无完肤地训了一通，还能心平气和地考虑继续交往的人，大概就是嗜虐者了吧。瓜野同学似乎不是这种类型，除非今晚他脑子进水了。

话说回来，小佐内同学似乎并不准备用那些话来宣布诀别。她再次踢了一下地上的土，困惑地说：

“我觉得你恐怕不信，但是其实我真的想做一个为瓜野同学着想的人。”

我虽没打算表现得太过分，可一瞬间还是被她瞪了一眼。

“是真的。”

“啊，嗯。”

小佐内同学发出一声叹息。

“是真的。他跟我表白，我很开心。瓜野同学吧，长得挺帅，也挺自信。我立刻就决定跟他交往了。我很想知道，什么是爱情。”

费加罗？**（注：《费加罗的婚礼》，是莫扎特最杰出的三部歌剧中的一部喜歌剧。其中有一首咏叹调名为《你们可知道什么是爱情》。）**

“我想好好谈个恋爱，为了瓜野同学，我可是竭尽全力了。恋人就该是这样的吧，我想。行动会培养出感情。我自己也觉得，干得还挺像样的。

“但是，瓜野同学是怎么看待我的付出的呢？就跟你刚才见到的一样。我的心愿都落空了。我真是一点儿都没变啊。”

在新闻社的背后不时闪现小佐内同学的身影，理由原来在这里啊？

但是——

虽然我很难相信小佐内同学会为了男生竭尽全力，但是如果所谓的尽力指的是“暗地里帮他拿下写报道的专栏”，或是“暗中盯防连续纵火魔包围网的薄弱之处”，那也不对头吧。不管怎么看，这都不是恋爱的内容。

啊，原来如此，当这事发生在别人身上，我就能想明白了啊。

不过在这一点上，我对自己的克制力还是很有信心的。

“仲丸同学说想跟我交往的时候，我也很开心呢。你知道的——从初中和那个女生分手以后，我就没交过女朋友了。仲丸同学这女生真的很好。跟我在一起，简直有点浪费。”

活泼，也懂当下的流行话题，最重要的是感情丰富。很爱笑，有时也爱闹别扭，怎么着都很可爱。跟交往中的对象说自己喜欢怪人，这一点也非常荒唐。但是——

“我和她聊过很多话题。结果呢，小佐内同学，让人头疼的是，我总是知道她最终要说什么。她分明在说‘有一件如此不可思议的事’，但我一点儿也不觉得有什么不可思议。当时如果那样脱口而出，我想她肯定会讨厌我吧，真的憋了好久呢。”

“然后，你终于憋不下去了，是吧？”

嗯，所以说像那样提前把对方的包袱抖开是不行的嘛。

“我也算是很会察言观色了。还好仲丸同学并没有因此讨厌我……令人欣慰的是，不管我怎么开动脑筋，她都没注意到我这种行为。”

关于跟仲丸同学的愉快生活，我能用四个字总结。很幸运，小佐内同学适时地问了一句：

“那是怎样一种心情？”

我借此顺畅地回答：

“白费力气……吧。”

猜出对方所说事件的真相，开心是开心，但另一方面也会因多嘴而招致反感。我怕这反感会强得超乎预想，便决定做个缩头乌龟。对这样的我来说，和仲丸同学在一起应该会很轻松才对。

但是，哪怕被人称赞会很高兴，被人讨厌会很难过……然而，当没有一个人注意到我时，又会怎样呢？我始终有种冲动想对仲丸同学说：“啊，不，稍等一下。我刚才解开了谜题，对此你有什么感想呢？”结果，虽然我嘴上没说，但随着时间流逝，这种烦躁却与日俱增。

尽管如此，如果什么也没发生，或许我也会习以为常。不管动用多少智慧，解开了怎样的谜题，对方都只有一句“这样啊”——如果能对此习以为常，大概总有一天我的虚荣心会疲劳，会损耗，最终消失殆尽吧。

或者，这也不失为一个好结果吧。

然而，我眼前有一桩连续纵火事件。另一边，仲丸同学自顾自累积着对我的不满。按照她的人生观，我必须嫉妒到发狂才行。这一切都是不可能的。

或许我的确是有那么一点不配做人之感。

小佐内同学也开了口：

“白费力气。是啊，跟瓜野同学交往下来，我肯定也是这么想的。”

她的微笑很僵硬。

“这男生，好蠢啊。”

等等——我还不至于想得那么不堪啊。

◇

“小鸠同学，你还记得吗？去年我们说了‘再见’的。”

“当然。但是，我们没说过‘再也不见’。”

“嗯……我不是这个意思。再见的原因你也记得吧？”

我点头。当然记得，不可能忘记。

我们会以小市民自居，原本就是自我意识过剩的表现。独自一人的时候，这样的自我意识过剩会令人痛彻心扉。而和小佐内同学在一起时，这种刺痛感就会有所缓解。我和她相互从对方身上为自己的骄傲自大找到了谅解。这种美其名曰:互惠关系的撒娇，和我们仍以小市民为目标的借口相互摩擦，使得我们无法继续在一起。

“那时我说的话不是在骗人，也不是随口说说的。但是一年过去，我重新思考了一下。”

耳边传来鞋底搓过泥土的声音，小佐内同学向我靠近了一点。

“我们一点儿也不聪明。真那么聪明的话，犯的错应该会更少一点才对，应该会更克制一点才对。而且，最重要的是，应该不会伤害到任何人才对。”

“是啊，我也是这么想的呢。”

但是——

“但是，也不能因为我们不聪明，就说我们无能透顶。哪怕我没有自己想的那么聪明，哪怕小鸠同学没有你自己想得那么聪明……但真要说我们什么都不行，那也是无中生有呢。

“看着瓜野同学那不靠谱的行动，我就在想啊——如果是小鸠同学，肯定能干得更漂亮一点吧。今晚的你就证明了，那并不是我单方面高估了你。”

“跟仲丸同学约会很开心。陪女生购物还是相当有挑战性的呢。选电影也是，选话题也是，都特别开心。然而，我真正的兴趣在这边——比如像今晚这样的对话啊，如何解决问题啊，会让我比在那边兴奋好几倍。谢谢你让我说了出来。果然这边——”

我思考着措辞。

“会让我体温上升呢。”

月光无比皎洁。

我觉察到了。尽管我们分开了一年，但我在朦朦胧胧中给出的结论，和小佐内同学将要说出的结论，是很相似的。

所谓“小市民”，是为了与周围人和解而喊出的口号，是为了不再被孤立而采取的方针，是写着“我是一个没用的家伙，请放了我吧”的白旗。

这口号我喊了三年后，总算明白了。如果真的想和解，那么在最后关头要扼杀自我时根本不需要什么口号。我越是挥动白旗，就越是会对背离本心产生厌恶，总把别人当白痴看的情绪也令我郁闷不已。

不是这样的，我需要的并不是“小市民”这层外皮。

只要身边有一个真正懂我的人，便足矣。

“花了一年，兜了一圈终于回到了原地。”

小佐内同学轻声说：

“亏我一直在等着谁来粉碎我的自我意识，等着谁来居高临下地对我说：‘别蹬鼻子上脸。’不过，都结束了。我一直在等，时间已经到了。”

她抬起头，看起来挺自然的，但表情仍有一丝紧绷。

“我不觉得小鸠同学是最佳人选。今后，肯定还有机会碰上更聪明并且更温柔的人。我相信会有那一天。

“但是啊，小鸠同学，只要还在这个城市，只要还在船户高中，只要白马王子还没出现在面前……我觉得，你就是我的次佳选项。所以——”

不管我再怎么不配做人，但是什么都让女生给说完那也太窝囊了吧。我调整了一下姿势，摆出明显很慌乱的样子一伸手，打断了小佐内同学。

“稍等一下，听我说啊。”

“嗯。”

小佐内同学看着我。

“我的意见和你相同啦。如果对你来说，我是次佳的，那我们组合起来就是最棒的，即使不是这样，总之哪怕单就现在来说——”

“嗯。”

“我都觉得，我很需要小佐内同学。”

紧接着，是一阵沉默。

今晚真的很热，我感觉比刚才更热了。

嗡嗡嗡，烦人的小虫飞了过来。

小佐内同学把手按着嘴边。

我能听见她憋笑的声音。

一股笑意也冲到了我的喉咙口。一旦破功，便止也止不住了。在深夜的公园里，我们放声大笑。

小佐内同学一边笑，一边擦拭着眼角说：

“瓜野同学用一句‘跟我交往’就能搞定的事，我们两人为此得堆砌多少辞藻啊？果然，我们归根到底只能怎么想就怎么做吗？”

我也一边笑，一边点头，但对于她这番言论我无法全部认同。

假如，这不过是两个人反复思考与试错以后，为了欠缺与弥补、需要与供给而决定走到一起的话……

“嗯，小鸠同学，我们还是在一起吧。虽然，时间好像也不多了。”

假如仅是如此的话，我想我的情绪还不至于像现在这样吧。

在遥远的某处，似乎又出现了什么状况。警笛声随风飘了过来。就快十一点了吧。

是该说，夜已深，要回家了;还是该请小佐内同学带我去深夜仍营业的美味蛋糕店呢?

这是一个问题，一个大难题。

再临之秋

八月八日（星期五）。连续纵火魔因实行纵火时被发现而被逮捕，电视上也报道了这条新闻。

由于嫌疑人冰谷优人尚未成年，所以报道中用了“市内某高中生（17岁）”这个称呼。

据说抓住纵火犯的勇敢少年没留下姓名就消失在黑夜中了。

“我觉得他也是一名高中生。”报警的男路人如是说。

由此，无耻少年和勇敢少年的形象一并为人所知。

然而，木良市连续纵火事件还未严重到值得长篇累牍地进行报道的地步。

事件结束后，它以十分荒谬的速度早早地从人们的脑海中消失了。

接着，暑假过去，秋季来临。

约定的时间还没到，我一直在教室里看《船户月报》。

第二学期，在开学典礼那天没有派发《船户月报》，紧接着的一段时间里也毫无动静，我以为他们不准备出九月号了。又过了好一阵子，新闻社像是终于想起来似的，把报纸发到了大家手里。我已经想到推迟的原因了，所以知道会有这么一回事。而班里的其他人嘛……校报什么的，他们打从一开始就没什么兴趣。

对大显身手的运动社的采访以及园艺社的志愿者活动的报道，内容都很四平八稳，一如往常的无聊。而我的关注点，当然是专栏。

（九月十六日 船户月报 第八版专栏）

本栏从今年二月起，一直跟踪报道连续纵火事件。在此向大家报告一下事件结果。八月八日，犯人在纵火时被目击，随后被逮捕。为什么没能更早一些抓住犯人？很遗憾，因为地域太广，实在非常困难。据相关报道称，犯人表示："自己是在心烦意乱之下这样做的。（每次纵火后）朋友都会大动干戈，非常好玩。"尽管犯人毫无疑问是做了坏事，而大动干戈的一方，或许也存在一定的责任。从这层意义上来说，本栏也必须好好反省才是。（五日市公也）

不管看几遍，我都只有干笑。

五日市同学其实也积累了相当大的愤懑吧。"自己是在心烦意乱之下这样做的。（每次纵火后）朋友都会大动干戈，非常好玩。"——这段供述甚至上了面向全国的报纸，电视新闻里对此的解释是："在人际关系日益淡漠的当下，只能用这种方式寻求与他人的联系，这种现代性……"

最早，他只是一个非常普通的纵火犯。每天去补习班也好，作为秀才被寄予期望也好，说是什么现代性也行，他凭着一股普通的任性在纵火。算是每月一次的小散心吧。他也没想太多，所以初期的事件现场都集中在木良市的西部。因为他家就在那附近。

之所以在星期五的深夜，似乎是因为星期五的补习班要上到深夜。我也是这么认为的。可即便如此，我却没注意到"八月是暑假，补习班的时间可能有变化，不一定会在深夜"。这是我的失误。

现代不现代的太复杂了，我也搞不明白，反正冰谷同学很快便对瓜野同学将事件写成报道这件事乐在其中，开始反复纵火。并且，纵火还是按照瓜野同学写的报道来实行的。瓜野同学以《防灾计划》为基础写了报道，然后洋洋得意地发表在校报上。冰谷同学看了报道后便去纵火，最后或许还会夸一句“不愧是瓜野，又猜中了”吧。他才不是觉得“大动干戈很好玩”，而是打心底把瓜野同学当白痴耍。这样的话，瓜野同学注意到的“钉锤的痕迹”，很有可能也是冰谷同学为了他而故意做出来的。

或者，他大概是一个可怜的罪犯，依靠他人来书写自己的犯罪计划，甚至不具备发散压力的自律性。

也可能两者皆有。

瓜野同学被朋友反复地当白痴耍，暑假被自认为是恋人的女生一顿骂，本月还被作为部下的同年级学生在报道里嘲讽。此时此刻，他大概会感到世界一片黑暗吧。直到前不久为止，他还一心觉得自己是一个可用之才呢。一想到他今后的人生，我真忍不住要可怜他。

我看了一眼墙上的时钟，时间差不多了，于是站了起来，把手里的校报塞回书包里。窗外的天还很亮，风里带着秋季的气息，但来日方长。

来到走廊，学校里还有很多学生，我和他们一一擦肩而过。几乎都是陌生的脸，只有一个女生，在我们视线相对时回给我一个意味深长的笑——是吉口同学。

在这次事件中，吉口同学的八卦收集能力可是立了大功。她没那么出名，看上去也只是一个普通女生，但实在是不容小觑。这么想来，不容小觑的人才大概真的比比皆是。在这小小的高中里，可用之才成就功名，无用之人石沉大海。就连我都感觉到了人间如地狱，但问题并不在这里。

或许吉口同学已经知道我和小佐内同学复合的事了。

擦身而过时，我听见了她的低语：

“真有你的啊。”

在她看来，我就是把小佐内同学从瓜野同学手里夺过来的胜利者吧。若是在以前，别人这么想我也是无所谓的。因为我认定了自己和小佐内同学就只是互惠关系，所以传出绯闻反而对我更有利。

但现在……

我可不希望这种误解扩散得太广啊。

我想着这事，一边抓着脸，一边走下楼梯，小佐内同学正在换鞋处等着我。她闲得无聊似的靠在墙上，脚一荡一荡的，于是我快跑几步赶过去。

“对不起，让你久等了。”

小佐内同学慢慢摇了摇头。

“没事啊，我喜欢等。”

“那……今天怎么安排？”

她发邮件叫我出来，但我不知道具体有什么事。她的邮件总是惜字如金，今天的邮件居然是“换鞋处四点？”，我倒是看得懂。

“我说，‘樱庵’开始推出秋季限定的栗金饨了呢。但是一个人去那家店，不是会被带到吧台吗？我想在厢式座位中慢慢吃来着……”

言下之意是：你是凑数的。

好吧，这也非常像小佐内同学会说的话了。

我以前来过一次和风咖啡馆“樱庵”。那是在去年，也是和小佐内同学一起。某天路过这附近的时候，我曾想过带仲丸同学一起过来。最终为什么没来呢？我已经不太记得了。

走进位于古旧大楼一层的“樱庵”，店内是令人联想起黑漆与红丹的黑红基调。我们进店后，服务员的确为我们推荐了厢式的座位。

“那边请。”

墙上挂着写了“栗金饨 秋季限定已上市”的长条诗笺。是这个吧？我想着，却看见小佐内同学已拿过菜单专注地看了起来。那神情太过认真，我还以为上面有什么暗号。她放下菜单，叹着气道：

“冰激凌拼盘下次再说吧。”

这是自言自语。对小佐内同学来说，同时干掉栗金饨和冰激凌应该都不在话下，这是在客气什么呢？还是说，这关乎她独特的美学吗？

穿着和风围裙的服务员先为小佐内同学下单。

“请给我栗金饨和抹茶的套餐。”

“我也要这个。”

大概因为是限定商品，栗金饨的套餐价格不菲。不过，偶尔吃一次也无妨吧。

我们聊起天气和模拟考的话题，打发着时间。不久后，服务员端着摆在和风托盘上的栗金饨套餐过来了。抹茶的茶碗，好像是叫白志野（**注：日本著名瓷器美浓烧的其中之一，是日本最早的白色长石釉陶器**）吧。涂漆的方形盘子里，放着两颗栗金饨，带着古朴的黄色，颗粒颇大。由茶巾拧成的造型，微微噘起的尖角十分可爱。套餐还配了樟木签。比起勺子或叉子，确实是它更风雅一些。

"啊，我就是在……等着，它们呀。"

你也不必像久旱逢甘霖似的，这么百感交集吧？

"你这么期待吗？"

"嗯。从之前跟你说起那时开始，我就一直想吃来着。"

"之前？"

我们说起过栗金饨的话题吗？我歪了歪脑袋，小佐内同学那正举着樟木签的手突然停了下来。

"啊，对不起。没说过。"

原来如此。也就是说，听过这番话的是瓜野同学咯？

之前，仲丸同学曾因为我很了解咖啡馆而发过脾气。她说，这样太不顾及他人感受。当自己碰上这种情况时，虽不至于生气，但也会有种"嗯？"的疑惑。

我决定先喝抹茶。小佐内同学则像等得不耐烦似的先对栗金饨下了手。她把一颗切成两半，用樟木签送入口中。

"哈……"

她神情恍惚。那毫不设防的笑脸甚至令我不由得冒出一个危险的念头：就算现在捅她一刀，她也不会反抗吧。

我也像她一样，切下一半栗金饨放进嘴里。

啊，确实。

太棒了。栗子的味道一下子在嘴里扩散开来。天津糖炒栗子我经常吃，但吃了这栗金饨，我才发现以前那些栗子的味道是多么单调。栗金饨的味道既不厚重也不强烈，其实反倒挺淡雅，但它的美味会自然而然地让你齿颊放松。

栗金饨的甜是克制的，却并非不甜。整体都十分柔滑，让你不由得想让它在嘴里溜上一圈。栗金饨的口感滑润，却绝不黏腻，会纷纷碎开，但又完全不似粉浆。或许是因为它不像普通的西式甜品那样富含脂肪吧，所以丝毫没有那种浓稠到令人不快的感觉。

说不定比起西式甜品，我本来就更钟情于日式甜品。在小佐内同学介绍给我的甜品中，栗金饨是能数一数二的上品了。

“好棒……”

小佐内同学低语着，呷了一口抹茶。然后，她像是终于回过神来一般，眼里有了焦点。

“原来它这么好吃的吗？”

“比以往更好吃？”

“嗯。今年赶上好时候了吧。栗子的季节才刚开始，接下来或许会更好吃。”

她把剩下的一半栗金饨又一分为二，优雅地品尝起来。我明白她想这么做的心情，原封不动地一口吞下简直太浪费了。

过了一会儿，我和小佐内同学的盘子里都是一颗栗金饨消失，只剩另一颗的状态。接着，我们同时端起了茶碗。

我看见了——尽管只有那么一瞬，但小佐内同学的视线尖锐地戳在了我的栗金饨上。她居然盯上它了。要是这会儿，我起身去一趟洗手间，回来就只能看见一个空盘子了吧。我不动声色地把托盘往自己这边拉了拉，光是这么一下就表达了我的警惕。小佐内同学轻叹了一口气，放下茶碗后说道：

“小鸠同学，你知道栗金饨的做法吗？”

以前好像在电视的正月特辑还是哪里见过，我凭着模糊的记忆说：

“是不是放在糖水里煮啊？”

“那是年菜好吗……”

她又用如恶狼扑食般的眼神看着我的栗金饨。

“那边那个，看起来像甘露煮（**注：日本风味煮菜的方法之一，指用糖水煮出来的食物**）吗？”

她这么一说，我也意识到这不是单纯把栗子煮一下就行的。要先把栗子捣碎，然后用茶巾裹起来拧成型。但是——

“‘村松屋’卖的那个跟它形状相同的日式甜品，好像名为‘栗茶巾’。”

听我这么嘀咕，小佐内同学反驳道：

“那个是那个，这个是这个。”

我觉得是同一种东西嘛……好吧，大概叫法很多吧。

小佐内同学把茶碗放回托盘，说道：

“这个呢，是把煮过的栗子捣碎过筛，加上砂糖，用小火煮，只靠栗子本身含有的水分让它产生黏性，然后用茶巾拧成型。你看，很简单吧？”

“光听的话……”

“真的很简单呀。只要有栗子，在家都能做。但是……”

又来了又来了，她又盯着我的盘子不放。你自己的盘子里不也剩了一颗嘛！

“无法做得这么好吃。好像是有什么秘方。”

不可能没有秘方吧？或许单纯只是栗子和砂糖的品质问题，但如果还加了什么别的东西，门外汉就搞不懂了。

小佐内同学伸手去拿放在一边的樟木签。我以为她终于要对自己的盘子下手了，结果在还差一毫米时她又缩了回去，然后用稍微冷淡下来的面孔看着我问：

“那你知道香草蜜汁栗的做法吗？”

我老实回答：

“香草蜜汁栗是什么？”

小佐内同学似乎没料到我会这样作答。她很明显地语塞了，接着一边歪着脑袋，一边告诉我说：

“这个嘛，就像是西洋的栗金饨吧。”

“哦。”

“很像那种用栗子本身做出来的甜品。但是呢，和栗金饨的做法完全不一样。”

我闭上嘴，等她继续说。聊起甜品时，小佐内同学会显得很幸福。

我不想打断她。

“把栗子煮熟，剥开，浸渍在糖浆里。这么一来，栗子会裹上一层砂糖。接着，放进稍浓一点的糖浆里继续浸渍，砂糖表面会再覆上砂糖。然后，放进更浓的糖浆……就这样反反复复。”

在日本，煮黑豆的时候，也是像这样不断增加浸渍的糖水浓度的吧？我没做过年菜，并没有自信。

“但事实上，表面的砂糖膜并不是那么重要，那不过是砂糖罢了。然后呢，在制作膜的过程中……”

她看着我的眼睛。

“不知不觉地，栗子本身就变甜了呢。”

哦？

我也放下了茶碗。

“必须把栗子变成甜的吗？”

“我觉得不是必须的。但是毕竟会很涩吧？虽然说不定也有人就好这口。”

“于是，为了让它入得了所有人的口，就不停地放糖？”

“嗯。”

原来如此，这方法是为了把原本涩口的栗子变成世人皆爱的甜品。

煮熟，捣碎，过筛，然后和砂糖一起小火煮出来的，是栗金饨。

逐渐加大浸渍的糖浆浓度，在不知不觉间连芯也变甜了的，是香草蜜汁栗。

我懂了。

小佐内同学有点无精打采，她问：

“小鸠同学，你喜欢哪个？”

我知道她想说什么，可麻烦的是，我只能给出一种答案。我做了一个鬼脸，说：

“我没吃过香草蜜汁栗呀。”

她似乎知道我会这么说，于是莞尔一笑道：

“那下次我带你去吃。”

然后，她拿起樟木签，将第二颗切成两半。完全二等分的栗金饨稳稳地坐着，没倒在盘子上。

我懂了。这方法论是为了把自称小市民的艰难之人变得不会被世人孤立。

跟甜如糖浆的恋人一起，在穿上层层糖衣的过程中自己也随之变甜——这也是一个办法。

小佐内同学很明确地说了，她是这么期待着的。

然而，事情进展得并不顺利，“香草蜜汁栗法”失败了。

要是不把我们煮熟捣碎，就无法去掉那顽固的涩味吧。明明已经捶打碾压了无数遍，但看起来还是筛得不够细。

惹人怜爱的栗金饨，能变得这么好吃，真是辛苦了呢。

说起来，我也有话想问小佐内同学。机会正好，就趁现在吧——

“其实，我能问你一个问题吗？”

“嗯……什么问题？”

小佐内同学微举樟木签，应该是正准备把一分为二的栗金饨再对半切开。听见我搭话，她显然很不开心。

打扰到你，真对不起，我会快点结束的。

“话说，前不久我去了上之町的高架桥下，在那里等电车开过来。结果呢，那声音吵是吵，但还算是在能忍耐的范围内吧。”

“多好呀。能忍耐电车噪音的人，上了大学据说还能省点房租呢。”

“是呀。不过我想说的不是租房的问题，是那个晚上的事情。”

小佐内同学那拿着樟木签的手悬在半空，她只把眼珠转向了我。

“那个晚上？”

“嗯，五月那个纵火的晚上。”

她的视线立刻移回到栗金饨上。

我说：

“瓜野同学做出了那天你在上之町的论证：小佐内同学误以为事件发生在星期五。现场有个坏掉的钟，看了它就会弄错时间，所以你在现场……你把瓜野同学评价成‘好蠢’的人，我对他其实也没多大期待。可只有关于时钟的那个点，或许是他侥幸言中，但确实干得挺不错的。那晚，你的确在现场对吧？”

小佐内同学郑重地放下樟木签。栗金饨被漂亮地分成了四等分，像是绽放的花朵一般四散展开。

“但是，他还提到一点——那天夜里，他曾接到你打给他的电话。他说电车的声响太大，都无法对话。因为已经论证了坏掉的时钟，所以他就忽视了电车的声响。然而……

“因为有电车的声响，所以对方在铁路旁；而事件现场在铁路旁，所以小佐内同学在事件现场。假如没有注意到时钟，或许他就会这样强词夺理地分析吧。”

小佐内同学将樟木签深深地扎进四等分栗金饨的其中一块，然后轻轻放入嘴里。

“也就是说，他获得了‘电话那头有电车声响’这个有力的线索。而事实上，电车声并没有那么嘈杂。这细节微不足道，可我还是有点在意。”

小佐内同学什么也没说。就算想说，现在她也正忙着品尝栗金饨的滋味。可能的话，我希望由她自己来解释这个状况。但是没办法，那就由我来说吧：

“然后，我思考了一下。你在现场，这是事实。有电车声响所以说不了话，这也是事实。这样的话，有问题的肯定就是声响了。要发出声响是很简单的，只要有个小小的播放装置，立刻就能放出声音。或者，跑去木良站的站台等电车经过也行，反正不是很远。

“可是这么做又会出现新的问题，对吧？你为什么要把磁带录音机按在手机话筒上播放声音呢？”

大概是充分品尝了栗子的美味，只见小佐内同学舒了一口气，然后说：

“我觉得磁带录音机有点太落伍了。”

去年暑假，她好像还用过磁带录音机来着……

好吧，无所谓啦。

“理由是‘为了向瓜野同学表明自己在上之町’，对吧？”

小佐内同学又没反应了。她一旦开吃，速度可真快啊，又一块栗金饨被咕噜一下塞进了嘴里。

我打算把话说完之后再慢慢享用，现在只喝一口抹茶润润嗓子就好。

“瓜野同学记得这通电话。过了一段时间后，他琢磨着：‘小佐内会不会是纵火魔？说起来，五月的电话是不是很古怪？啊，搞什么啊。这么一想真是太明显了。那天，小佐内由纪就在事件现场呀！’”

我的演技大概有些浮夸，小佐内同学自下而上地瞟我的眼神异常冰冷。

我清了清嗓子说：

“也就是说，我可以认为，电话里的声响是引诱瓜野同学揭发小佐内同学的圈套之一。”

“真好吃……”

“出于某种理由，你想让瓜野同学说出‘小佐内是犯人’这句话。然后，你想跟去年暑假曾经做过的那样，对此予以严厉的反驳。毫无疑问，这种行为会把瓜野同学的自尊心撕得粉碎。

“他的自尊心毫无实力的辅佐，只会给周围人添麻烦。哪天被人挫了锐气也是咎由自取。或许一定程度的挫败对他来说反而是好事。但是，你这行为太过分了，已经不是单纯的忠告。”

绝妙的甜品和愉快得令人颤抖的对话。

果然，像这样的放学后的时光，实在是太棒了。

我很相信小佐内同学。自从得知她在新闻社背后暗中采取行动，我就觉得这是她在对某样东西进行反击。她自己是这样解释的:想知道什么是爱情。所以，她暗地里出手帮了瓜野同学。

或许这是真心话吧。然而——

“我把事件梳理了一遍后，发现你的行动以五月为分界线发生了变化。在那以前，或许你是为了瓜野同学甘当无名英雄。但五月以后就变了。瓜野同学揭发小佐内同学的时候，论据全部来自五月以后，对吧？”

小佐内同学把第三块栗金饨放进口中，然后第一次抬起脸，认真地看着我的眼睛，点了点头。

我不知道她肯定的是我那些话里的哪个部分。

“五月吧，说不定在四月里，你的想法就已经变了。然后，你展开了对瓜野同学的报复。内容是:总有一天要让他做出错误的揭发。”

而我想知道的，就只有一点。我微微探出身子，问道:

“能不能告诉我呀？瓜野同学为什么要遭这份罪呢？”

小佐内同学的方形盘子里，还剩四分之一颗栗金饨。她将樟木签伸向那最后一块，接着停住了手。她的脑袋稍歪向一边，然后复原，转移了视线。

她的视线终点有一个猎物——我的栗金饨。

她在无声地逼迫我交涉。这下坏了，我弄错了说话的时机。我留着交易之物，就这样提出了要求，实在太不小心了。我一肚子的恋恋不舍，接着把自己的方形盘子往她那里一推。

于是，她像是十分满意似的轻轻点了点头，喝了一口抹茶。

然后——

“我就知道，小鸠同学肯定能懂我的。”

我的栗金饨被拖到了小佐内同学的手边。

“嗯。进高中以来，我第一次真正地报了仇呢。春季限定草莓挞事件不过是报复，夏季限定热带水果芭菲事件是为了保护自己。复仇啊，才不是那样的。

“所谓复仇，是要在对方心里种下失败感，让对方认为自己的行动很愚蠢，并且打心底里相信自己有多么无能为力。

“我知道自己是一个爱撒谎的坏孩子。但我并不喜欢把事做得那么绝。这次是感到别无他法才这么干的。我并非总是这样的。”

我有属于我自己的美学。小佐内同学也有属于她自己的美学吧。哪怕两人再次一起行动，要能相互理解对方的美学，仍然需要一点时间。

但是来不来得及呢？距离毕业，还有六个月。

“那么，瓜野同学到底做了什么让你无法原谅的事呢？”

“完全无法原谅。他呀……”

面对还未下过手的栗金饨，小佐内同学温柔地微笑着。

“居然想不经同意就亲我呢。”

图书在版编目（CIP）数据

秋季限定栗金饨事件. 下 /（日）米泽穗信著；林枫译. -- 北京：新星出版社, 2019.10（2024.7 重印）

ISBN 978-7-5133-3729-8

Ⅰ. ①秋… Ⅱ. ①米… ②林… Ⅲ. ①推理小说－日本－现代 Ⅳ. ①I313.45

中国版本图书馆CIP数据核字（2019）第204436号

本书为引进版图书，为最大限度保留原作特色，尊重原作者写作习惯，酌情保留了部分外来词汇。特此说明。

秋季限定栗金饨事件（下）

［日］米泽穗信 著；林枫 译

责任编辑：汪 欣
特约编辑：黄嘉丽
责任印制：李珊珊
装帧设计：陈慧颖 杨 玮

出版发行：新星出版社
出 版 人：马汝军
社　　址：北京市西城区车公庄大街丙 3 号楼　100044
网　　址：www.newstarpress.com
电　　话：010-88310888
传　　真：010-65270449
法律顾问：北京市岳成律师事务所

读者服务：010-88310811　service@newstarpress.com
邮购地址：北京市西城区车公庄大街丙 3 号楼　100044

印　　刷：凸版艺彩（东莞）印刷有限公司
开　　本：890mm × 1240mm 1/32
印　　张：5.875
字　　数：120千字
版　　次：2019年 10月第一版　2024年7月第三次印刷
书　　号：ISBN 978-7-5133-3729-8
定　　价：39.00元